徳間文庫

ノッキンオン・ロックドドア2

青崎有吾

徳間書店

目次

穴の開いた密室　5
時計にまつわるいくつかの嘘　53
穿地警部補、事件です　97
消える少女追う少女　141
最も間抜けな溺死体　197
ドアの鍵を開けるとき　261
私が解説を書きたくない、いくつかの理由　東川篤哉　344

日本語訳詞　Kuni Takeuchi

穴の開いた密室

1

「テイク17。よーい、アクション！」

エプロン姿の監督がスマホのカメラをこちらに向けた。

「よう(ヘイ)、みんな(ガイズ)。御殿場倒理(ごてんばとうり)だ」

「えーと、あー、どうもこんにちは。たかな、いや片無氷雨(かたなしひさめ)といいます」

気さくに手を振った俺に続いて隣のスーツ男が声を上ずらせる。言葉に詰まったし名前も噛(か)んだが、これまでのＮＧ十六連発に比べれば許容範囲だ。

「実は俺たちちょっと変わった仕事をしてるんだ。今日はそれについて紹介しようと思う」

「僕らは二人とも、探偵で、共同経営で、えーと、事務所を、探偵事務所をやっています」

「〈ノッキンオン・ロックドドア〉って名前の」

「変な名前ですよね。すみません」

「変じゃない。いかしてる」

「いかしてないし、仮にいかしてても事務所の名前としては変だよ」氷雨は営業スマイルをやめて俺のほうを向いた。「いまだに喫茶店と間違えて入ってくる人がいるじゃないか」

「週一くらいだろ。そんなに多くない」

「充分多いよ。依頼人の数より多い」

「まあ、依頼人が多かったらそもそもこんなもん撮ってないしな」

苦笑する俺。顔をしかめる監督。まずい、これ以上NGを重ねたくない。

「あー、話がそれたがうちは喫茶店じゃない。たしかに依頼人にはコーヒーを出すが、安物のインスタントだし、おかわりのサービスはなしだ」

「あ、安物っていってもそれなりにこだわってますよ。味にも自信が」

「そこのフォローはいらん」肘で小突いてから、「んーと、そうだな。おかわりがないってのはつまり、大抵の場合コーヒー一杯で話を聞き終えるってこと」

「そう。そのあと僕らはすぐ調査に乗り出して、すぐ事件を解決します。〈ノッキンオン・ロックドドア〉は探偵事務所です」

「さっきも聞いた」

「え？　そうか。ええと……じゃああとはなんだろ」

四秒間の沈黙が応接間兼リビングを包む。慌てた監督が口の動きだけで指示を出した。〝ばしょ、ばしょ〟。氷雨は指を鳴らして、

「そうだ、場所！　東中野駅から南へ徒歩五分です」

「いや七分だ。不動産屋はサバを読んでた」

「言わなくていいよ」小突き返された。「えー、健康体なら徒歩五分」

「早歩きでな」

「言わなくていいって」

監督が天井を仰いだ。俺の的確な合いの手に感心しているわけじゃなさそうだった。大丈夫、ここから挽回できるさ。

「これを見てるあんた、何か事件が起きたらいつでもうちに来てくれ。俺たちは有能な探偵だ。警視庁に友達がいるし解決率も、あー、まあ、二人合わせればけっこう高い」

「そうです。皆さん、不可解な事件が起きたらぜひうちに。僕はそういう事件を専門に扱ってます」

「自分の宣伝だけするなよ。俺は不可能専門だ。密室殺人とか死体消失とか、よく起きるだろ」

「起きないよそんな珍事件」

「自分の名前を噛むほうが珍事件だと思うがな」

「緊張してたんだよしょうがないだろ！」

「十七回目だぞ、いい加減に慣れろよ！　こんな動画だと挨拶の時点で見切られるぞ」

「かもね。君の『ヘイ・ガイズ』の時点で」

「アメリカのユーチューバーはみんなああやって挨拶するんだよ！」

二人同時に立ち上がりかけ、二人同時に我に返った。まだカメラは回っている。

俺たちは無理やり笑顔を作って肩を組んだ。

「そういうわけで依頼よろしく」

「〈ノッキンオン・ロックドドア〉です。探偵事務所です」

「はい。カット！」

監督——バイトの薬子ちゃんがスマホを持つ手を下げた。俺たちもすぐに仲良しアピールをやめる。

「どうかな薬子ちゃん。僕的には一番うまくいったと思うけど」

「テイク18の準備をするか？」

「いえ。ばっちりです」

その笑顔の裏には「どうせこの人たちじゃあと何回撮り直しても無駄だろう」という諦観と哀れみがこもっていた気もしたが、とにかく監督からのＯＫが出た。やれやれ。

薬子ちゃんは慣れた手つきでスマホを操作し、数分後にはユーチューブに動画がアップロードされていた。〈【紹介ＣＭ】探偵事務所ノッキンオン・ロックドドア〉。氷雨のパソコンを開いてさっそく再生、出来を確認。ソファーに並んでわーわーやり合う挙動が荒っぽいくしゃくしゃ巻き毛男と、就活生みたいに緊張しきった地味眼鏡男。

「俺の目つきってこんなに悪かったか？」

「僕のスーツってこんなに色あせてる？」

「お二人はいつもこんなもんです」

日曜の午前をまるまるつぶして撮ったにしては、その動画はなんとも残念なクオリティだった。とはいえ俺に責任はない。ＣＭ撮りましょうと言いだしたのは薬子ちゃんだし、時間がかかったのは氷雨のＮＧ連発のせいだ。

「これで少しでも依頼人が増えればいいんですけど」

「僕が依頼人でこの動画を見つけたら、そっとページを閉じてほかの探偵を探すと思うな」

「俺だったらその前に〈低評価〉をクリックする」

「またそんな後ろ向きな。ひとりくらいひっかかるかもしれないでしょ！」

ひっかかるとか言ってる時点でもうだめだろ。

「だいたい動画サイトにCM上げる探偵なんて聞いたことねえよ」

「でもまあ、実際依頼人少ないしね。こんなことでもやらないよりましかも。期待せずに待ってればそのうち……」

コン、コン、コンコン。

ふいに乾いた音が割り込んで、三人とも耳をそばだてた。

誰かが玄関ドアを叩いていた。

「すげえな。もう効果があったぞ」

俺が言い、氷雨が肩をすくめた。コッコッコッコ、と小刻みに音は続く。

そういえば動画で伝え忘れた情報がひとつあった。うちの玄関にはインターホンがついてない。ドアチャイムや呼び鈴、ノッカーのたぐいもない。来訪者は必ず素手でドアをノックし、俺たちは音の間隔や強弱を聞いて、どんな奴が戸口に立っているかを推測する。今日のノックは比較的わかりやすかった。

「最初のノックを戸惑った」と、俺。「うちに来るのは初めてだが、喫茶店と間違えた客ならこんなせわしない叩き方はしない。依頼人だ。かなり慌ててるな」

「でも手の甲で細かく叩いてる音だ」と、氷雨。「乱暴なノックじゃないから、我を忘れるほどの慌てようじゃない」

　初めてのご利用、緊急の用件、話も通じそう。結論、上客。

　いつものように「はいはーい」と返事して薬子ちゃんが玄関へ。俺たちは急いで応接間兼リビングを片付ける。食べかけのルマンド。買ったきり無用の長物と化している鉄道模型とダーツ盤。雑誌と古新聞の束に、とっくにシーズンが過ぎたマフラーとコート。部屋は最近ちょっぴり散らかり気味だ。全部ソファーの後ろに押しやって、さっきの撮影時みたいに二人並んで座った。肩を組むのはやめておいた。

　薬子ちゃんに案内されて依頼人が現れる。国語教師やってますって雰囲気の白髪まじりのおっさんだった。男は「志田と申します」と律儀に名乗った。

「どうぞおかけください」氷雨がうながす。「ひょっとしてＣＭをご覧になられました？」

「へ？　いえ、見てません」

「見なくて正解」と、俺。「用件は？」

「ええと、実は昨日、友人の家で死体を発見してしまって。どうやら誰かに殺されたようでして……。警察にも来てもらったんですが、発見時の状況があまりにもおかしかったもんで、探偵さんにも調査をお願いしようかと」

「それも正解。あんたクイズ王になれるな」

「状況がおかしかったというと、具体的には？」

俺が軽口を飛ばし、氷雨が事務的に尋ねる。依頼人はギャップに戸惑うような目で俺たちを見比べてから、ぽつぽつと話し始めた。

「亡くなったのは、近所に住んでいる石住茂樹という人です。日曜大工が好きな人で、自宅の離れを作業場がわりに使っていて、土日はそこにこもって家具を作るのが習慣でした。私も最近ＤＩＹをかじりだしたもんで、ときどき石住さんの家に工具を借りにいくんです。昨日もそのつもりで昼ごろ離れを訪ねました。でも、呼びかけても返事がなくて。母屋のほうにいるのかなとも思ったんですが、念のため窓から中を覗いてみたら……死体が」

「離れで死体か」俺はあごを撫でる。「出入口はドアだけか？」

「そうです。窓ははめ殺しで開きません」

「ドアに鍵は？」

「かかっていました。石住さんは自分が中にいるときもいつもかけてるんです。それで、あとから警察に調べてもらったら、ドアのキーは死体のポケットの中に……」

「つまり密室殺人か！」

俺は歓喜の声を上げ、氷雨はしらけたようにため息をついた。相棒言うところの「珍事件」が見事に起きたってわけだ。不可能状況を解き明かすのは俺の得意分野、俺の専売特許である。がぜんやる気が湧いてきてテーブルの上に身を乗り出す。

だが有利に見えた情勢は、

「いえ、密室ではないんです」

という一言で様変わりした。

「なんでだ？　窓ははめ殺しで、ドアに鍵がかかってて、キーは部屋の中で見つかったんだろ」

「ええ。ですが……」

薬子ちゃんが安物のコーヒーを運んできてテーブルの上に置いた。志田はブラックのまま一口飲み、その苦さのせいか事件の困惑のせいか、眉根を寄せながら続けた。

「ですが、離れの裏の壁には大きな穴が開いてたんです」

「…………」

俺はソファーに沈み込み、入れ替わるように氷雨が身を乗り出した。

2

青梅線に一時間以上揺られてやっと辿り着いたのは、奥多摩近くの小さな町だった。

空が狭い。町の前後左右をこんもりとした山が囲んでいて、鳥の声がステレオで聞こえる。駅前にはカフェもコンビニも見当たらず、名物なのかなんなのか、釜飯屋の看板だけがやたらと目立っていた。

「ここがほんとに東京なら、島根にもスカイツリーがあるだろうな」

「二十三区だけが都内じゃないからね」伸びをして、凝り固まった背中をほぐす氷雨。

「僕らもいいかげん車がほしいな」

「じゃ、汗水垂らして稼ぐとしよう。がんばってくれたまえ氷雨くん」

「他人事みたいに言わないでくれたまえ倒理くん」

「今日の事件はおまえの専門だろ。俺は見物」

「家に残ってCM第二弾でも撮っててほしかったよ」

なんやかやと言い合いながら行動開始。殺された石住茂樹の家は汗水垂らすまでもなくすぐ見つかった。門の前に野次馬が集まってたからだ。黄色いテープで封鎖されてるわパトカーも停まってるわで、案の定入りづらい雰囲気だった。顔パスで通れれば苦労しないのだが、そんな探偵は業界でも一握りしかいない。

「どうする？　裏に回ってみる？」

「そうだな……いや、待った。我らが女傑だ」

俺たちは顔パスは使えないが、昔のよしみならちょっとばかり使える。テープの内側を行ったり来たりする捜査関係者の中に、見知った顔をひとり見つけた。

「へーイ、穿地」

手を上げてユーチューバーみたいに呼びかけると、女がこっちを振り向いた。パンツスーツに泣きボクロにノンフレームの眼鏡。そして、その奥で光る絶対零度の目。

「なんとなく、おまえらが来るんじゃないかって気がしてたよ」

朝の星占いが最下位だったからな、とつけ加えて、警部補・穿地決はいつものように俺たちをにらみつけた。ＣＭで言った警視庁にいる友達ってのはこいつのことだ。実に不思議なことに、向こうは俺たちのことを友達だと思ってないみたいだが。

「その占いなら俺らも見たよ。ラッキーアイテムが巻き毛と眼鏡だったろ」

「カエルグッズだった」

穿地は胸元からカエルの警官が描かれた緑色の袋を取り出して、丸いスナックを口に放る。昔なつかしの駄菓子、キャベツ太郎である。

「何しに来たんだ」

「ちょっと名所の観光に」と、氷雨。「穴の開いた殺人現場とか」

「あいにく一般公開はしてないんだ」

「冷たいな。この前も毒殺事件手伝ってやっただろが」と、俺。「ホテルのラウンジで謎解きしたの忘れたのか？」

「覚えてるよ。おまえらがコーヒー代を払わずに帰ったのも覚えてる」

一通り嫌味を放ってから、穿地は妥協するように息を吐いて「まあ入りたければ入れ」と言った。あと二、三分はやり合うつもりだったので、俺たちはむしろ拍子抜けした。

「今日はばかに素直だな」

「とうとう君も僕らの実力を認めたか」

「現場は裏の林から丸見えだ。どうせ帰らせてもおまえらそっちに回って覗こうとするだろ。無駄にトラブるよりは監視の下で見せたほうがいい」

「そんな簡単に覗けるの？」

「当たり前だろう」女刑事はまったく面白くなさそうに答えた。「壁に穴が開いてるんだからな」

地価が安いせいかもしれないが、石住家の敷地はちょっとしたグラウンド並みの大きさだった。

母屋はトトロの家をでかくしたような造りで、古い日本家屋のあちこちに洋風のテラスや二階部分がくっついている。裏手に回るとだだっ広い天然芝の庭。隅に桜の木が一本生えていて、その後ろに問題の離れが見えた。家の周りは畑と林に囲まれていて、一番近い民家からもたっぷり百メートルは離れていた。

「この家に被害者ひとりで住んでたのか？」

現場に向かいながら尋ねる。穿地は母屋を見やって、

「妻と娘との三人暮らしだ。それと、隣町に住む弟と甥が、自宅を改装する間の仮住まいとして二ヵ月前からここに泊まっている。家主が目と鼻の先で殺されたのに、母屋にいた者は誰も異変に気づかなかったらしい」

これだけ庭が広けりゃ無理もない話だ。

「警察は誰かマークしてるの」と、氷雨。

「被害者以外で普段から離れに出入りしていた人間は、家族と発見者の志田という男だけだ。死亡推定時刻は昨日の午前十一時ごろ。志田はその時間スーパーにいる姿が防犯カメラに映っていた。娘と甥はキッチンで一緒にテレビを見ていたと証言している。妻と弟にはアリバイがない」

「じゃ、怪しいのは妻と弟？」

「第三者が押し入った可能性もあるからなんとも言えん。だが、妻と弟でいえば容疑が濃いのは弟のほうだ」

「なんで」

「おまえらチェーンソーを扱った経験は？」

「……ないけど」

「ホッケーマスク被（かぶ）ったことならある」

氷雨と俺の答えなどもとより気にせず、穿地は現場へ歩いていく。離れはそれ自体DIYで建てたような木の掘っ立て小屋だった。正面のドアはスルーして、裏側へ。

「男女差別をするつもりはないが……女性にこれが開けられたとは私には思えない」

俺たちは立ち止まり、なかなかに衝撃的なその光景を眺めた。

前評判どおり、壁にはどでかい穴が開いていた。

縦百七十センチ、横二百センチはあるだろうか。俺の踝（くるぶし）から頭の先くらいまでの壁が、いびつな楕円（だえん）を描いてぽっかりくりぬかれている。くりぬかれた部分はばらけた木の破片となって俺たちの足元に散らばっていた。切り口はあちこちけば立っていて、いかにも素人（しろうと）がやりましたって感じだ。

「あ、片無さん。御殿場さん」

穴の向こうからアヒル口の若い男が顔を出した。穿地の部下の小坪（こつぼ）だ。

「いやあ、なんとなくお二人が来るんじゃないかって気がしてましたよ」

上司とは真逆のテンションで同じことを言われる。穿地は穴をくぐり抜けて小屋の中へ入った。俺たちもそれに続いた。

十畳くらいのワンルームだった。壁紙も絨毯（じゅうたん）もない実用本位の素朴な造りだ。向かい側の壁にドアと窓が横並びでひとつずつ。ドアの前の床には緑色のペンキがこぼれ、近くに一斗缶が転がっている。右側の壁には工具や材料の並んだ棚があり、その脇にはマキタ社製のごついチェーンソーが放られていた。なるほど、壁の穴はこいつで開けたわけか。左側の壁にはエアコンと設計机。中央には散らばった工具と一緒に、製作中だったらしきテーブルがひとつ置かれていた。

「キッチン用のテーブルを作っていたらしい」穿地が言った。「机の上に設計図が残っていた」

俺たちはテーブルに近づく。小屋と同じく木目を活かした飾り気のない作りだが、脚が折りたためる仕様になっていた。手製にしちゃなかなか凝っている。端にちょっと手を触れたら小さな音を立てて傾いた。屈んで脚をよく見ると、四本のうちの一本だけがほかと比べてやや短かった。まだ高さの調整中だったようだ。

テーブルの上には人型の白い線が引かれていて、すぐ横に赤褐色の丸い染みが残っていた。

「斬新な模様だな」

「発見時はもっと斬新だった」

写真を一枚渡される。

かっと目を開いた初老の男が、仰向けでテーブルの上に乗っかっていた。腰には定規やら鉛筆やらが収められた作業用ポーチを巻いている。唇が青く腫れ、シャツのボタンはちぎれかかっているようだ。そして首には、大型のプラスドライバーが突き刺さっていた。

「室内にあった工具を凶器に使ったのだと思われます」小坪が補足した。「致命傷になったのは首の傷ですが、顔や服に格闘の跡が」

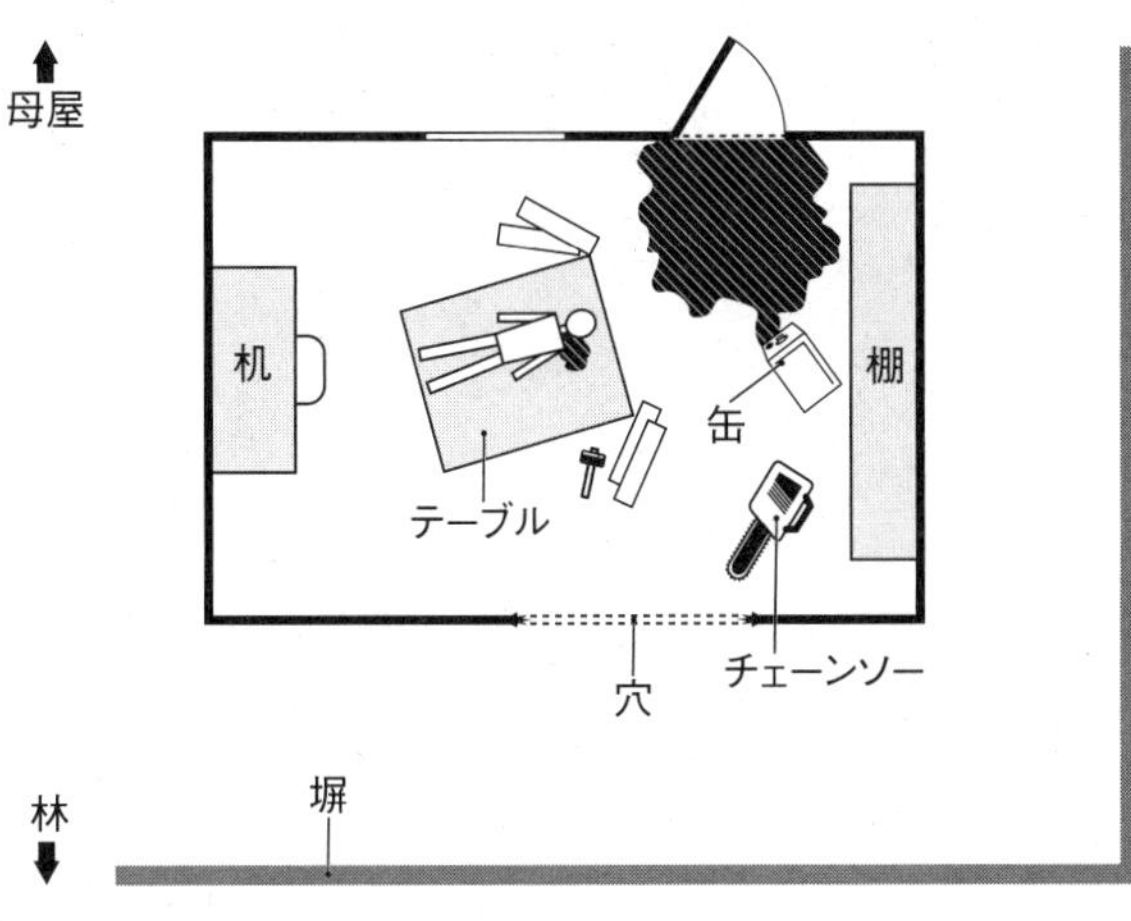

日曜大工の最中に誰かが訪ねてきて、何かの理由で揉み合いになって、その場にあったドライバーで刺されたってとこか。まあ自作のテーブルの上で死ねたなら、DIY好きとしては本望かもしれない。

「突発的に殺したのかな」と、氷雨。「凶器とかの指紋は？」

「ドライバーやテーブルの周りの指紋だけ綺麗に拭かれています。チェーンソーやほかの場所は、殺してしまったあとに軍手か何かつけて触ったんでしょうね」

作業場なだけあって棚には軍手や手袋もたくさん置かれていた。指紋を残したくない奴にとってはより取り見取り状態だ。

「壁の穴は中から開けたの？」

「そうです。切断面やおがくずの散らばり

方から見て、内側から開けられています。使われたチェーンソーももともと部屋の棚に置いてあったものです。昨日の午前十一時過ぎに家族がチェーンソーの音を聞いているので、穴が開けられたのはその時間だと思われます。死亡推定時刻は午前十一時ですから、要するに殺人のあとですね」

「家族はその音を聞いて何も思わなかったわけ？」

「工具の音が響くのはしょっちゅうだったので、また何か作ってるんだろうとしか思わなかったそうです。問題は穴が開けられた理由ですが……」

「ものすごく馬鹿な犯人がものすごく馬鹿な密室トリックを試したんじゃないか」

「見物人はちょっと黙っててくれ」

氷雨にたしなめられた。はいはい。こいつはユーモアが通じないのが玉に瑕だ。

「穴が開けられたのはペンキのせいだろう」

穿地がドアの前のペンキと、壁の棚を指さした。棚の一番上には、床に転がっているものと同サイズの一斗缶が三つ並んでいた。

「犯人と被害者が揉み合いになった際、どちらかが棚にぶつかるか何かした。その衝撃でペンキ缶のひとつが床に落ち、飛び出た緑色のペンキがドアの前に広がった。外に出るためにはペンキの上を歩かなきゃならないが、そんなことをしたら足跡がついて動かぬ証拠になってしまう。窓もはめ殺しだから開けられない。悩んだ末、犯人はその場にあったチェーンソーで壁をくりぬくという荒業(あらわざ)に出た」

淀(よど)みない説明だったが――どうだろうか。俺たちはその場面を想像して考えを巡(めぐ)らす。先に発言したのは氷雨だった。

「窓を割るほうが簡単じゃない？　それか、板をペンキの上に渡すとか」

「人を殺した直後だ、動転して頭が回らなかったのかもしれない。もしくは御殿場の言うとおり、ものすごく馬鹿な犯人だったか」

「いや、さっきのは撤回する。犯人はそこそこ悪知恵が働く奴だ」

三人分のきょとんとした顔を向けられた。俺は悪魔っぽいとよく言われる笑みを返す。

「あー悪い。黙ってるんだったな」

「急に君の声を聞きたくなったよ」不本意そうに氷雨が言った。「どういうこと？」

「ペンキは偽装だ。犯人がわざと撒(ま)いた」

「偽装？」

「見りゃわかんだろ。缶には傷ひとつついてない。ペンキで満杯の一斗缶が棚の一番上から落ちたら、普通どっかしらへこむはずだ。無傷ってのはおかしいよな。つまり缶は棚から偶然落ちたんじゃなく、人の手で故意に下ろされた」

小坪がすぐさま缶を手に取り、隅(すみ)から隅まで確認したあと上司のほうを振り向いた。穿地はうなずきながらキャベツ太郎をかじり、相棒はがっくり肩を落とした。

「やっぱり密室関連は俺のほうが得意みたいだな」

「かもね」

ぞんざいに応じてから氷雨は眼鏡を押し上げ、反撃にかかる。

「故意にペンキを撒いたとすると、犯人が自分でドアを通れなくしたってことになる。なんでわざわざ逃げ道をふさいで、壁に穴を開けるような真似を……いや、逆か。なんらかの理由で壁に穴を開ける必要があって、その理由を隠すためにペンキを撒いたのかも。ドアの前にペンキがこぼれていれば、壁の穴に対する言い訳になるから」

「なんらかの理由？」

氷雨は穴の向こうを見つめた。二、三メートル先に塀があって、その先は深い林だ。

「ぱっと見だと、裏の林に逃げ込みたかったって感じかな。ドアから出ると母屋の家族に目撃される危険があるけど、壁の穴から直接出れば見つからない」

「こっそり逃げたかったからチェーンソーを響かせて壁を壊したって？　矛盾してるだろ」

「それに、ドアから出ても目撃される危険はない」と、穿地。「小屋の前に桜の木があるだろう。あれが邪魔をしてドアは母屋から見えないんだ。周りには民家もないしな」

氷雨はさらに考えながら小屋の中を歩き回った。俺は死体の写真に目を戻す。被害者の死に顔は苦痛や絶望というより、何かへの怒りに染まってるように見えた。

「そもそもこのおっさんはどうして殺されたんだ？」

「まだ捜査中だ。いまのところきな臭い話は出ていない。金銭トラブルも女性問題もなかったようだ」

なぜ殺されたかは不明。なぜ壁に穴を開けたかも不明。そういう〈なぜ？〉を探っていくのは苦手だ。やっぱり氷雨に任せたほうがいい。

その氷雨はというと――今度は床の一斗缶を眺めていた。

「この缶、ラベルがついてない」

「ああ、もともとペンキ用じゃなかったのかもしれないな。詰め替えが楽なように大きめの一斗缶に……」

「故意にペンキを撒いたとすると」氷雨は穿地の言葉を遮って、「なぜ、犯人は、この缶の中身がペンキだと知っていたんだろう」

――あ。

今度は俺ががっくりくる番だった。くそ、そうか。偽装に気づいた時点でそこまで推理するべきだった。

「よかったな穿地。第三者が押し入ったって可能性は消えたみたいだぞ」

ただでさえ穴を開けたり指紋を拭いたりしなきゃならなかったのだ。部屋の中を調べる時間なんて犯人にはなかったはず。つまり、犯人は最初から棚の上の缶がペンキ入りだと知っていた人物。すなわち、離れの内部に詳しい人物。

被害者以外で離れに出入していた人間は家族と発見者の志田のみ。志田にはアリバイがあるし、そもそも犯人が探偵事務所に来るはずないから除外。

とすると――

「母屋に行こう」氷雨はネクタイを締め直した。「犯人は家族の中にいる」

3

雲が増えてきたらしく、母屋から外に出ると陽が翳っていた。春先にしては肌寒い日だが、一年中タートルネックで首を隠してる身からすればこれくらいがちょうどいい。

　散った花びらの中に踏み込んで、石住家の桜を見上げる。種類はソメイヨシノだろうか。葉桜がまじり始めてはいるものの、高く伸びた枝とほのかに色づいた花はなかなかの見ごたえだ。

「そういやここ何年か花見に行ってないな」後ろの氷雨に話しかけた。「終わったらここでしてくか」

「殺人現場の横で？」

「よく言うだろ、桜の木の下には死体が埋まってるって。ひとつ増えたとこで同じようなもんだ」

「まあ、日暮れまでに終わったらね」

「なんだ自信がないのか？　不可解専門」

「不可能専門が出しゃばらなきゃもっと早く解決できるよ」

　桜に背を向けて思考モードに入る氷雨。何をそんなに悩む必要があるのやら、俺はあきれ声を投げるしかなかった。

「もう解決したようなもんだろ。犯人わかりきってるじゃねえか」

　そう。さっき母屋のダイニングで家族たちと話して、確信が得られた。

犯人は――

「茂樹の弟の、石住芳樹です」

ダイニングテーブルの向かいに座った男が言った。兄と年が近いようだが、兄弟の割にはあまり似ていなかった。口ひげを生やしてるせいかもしれない。

「多香子といいます」

続いて、痩せた中年女がこほこほと咳き込みながら名乗った。夫を亡くしたショックのせいかずいぶん弱ってる印象だ。

俺はさらに、多香子の横に座った若者二人へ目を向ける。手塩にかけて育てられましたって感じの清楚なロングヘアの娘。髪型やファッションでかっこよく見せようとがんばってるようだが醤油顔が隠しきれてない学生風の男。二人はそれぞれ「奈保です」「健斗っす」と名乗った。奈保が被害者の娘で、健斗が芳樹の息子――つまり被害者の甥である。

「探偵って、ほんとにいるんすね」健斗がぶしつけに言った。「初めて会いました」

「そうか？　けっこうたくさんいるぞ」ネットでＣＭも流してるしな。「昨日のことを確認させてくれ」

「芳樹さんは、午前中どこで何を？」

「散歩に出ていました。近くに小さな滝があるんですが、それを見に。そのあとは多摩川沿いをぶらぶらと。夕方に家に戻ったらパトカーが何台も来ていてびっくりしました。まさか兄さんがあんなことに……」

首を振って悲嘆に暮れる芳樹。散歩中だったといっても穿地が「アリバイなし」に分類した以上、目撃証言とかの裏付けはまだ取れてないわけだ。それをふまえると演技くさくも思えてくる。

「奥さん、あんたは？」

「私は……昨日はお昼まで二階の部屋で寝ていました。ここ数日風邪気味だったものので」

「ずっと部屋におひとりで？」

「は、はい」

こほ、と多香子はまた咳き込んだ。あまり追及すると気の毒だと思ったのか、氷雨は若者二人へ標的を変える。

「奈保さんと健斗さんは」

「キッチンで一緒にテレビ見てました」健斗が答えた。「『ラジコン刑事』の一挙放送。

俺も奈保ちゃんもそれが好きで。ね、奈保ちゃん」

「うん……」

「ああ、ラジデカか」

たしか、元パイロットの刑事がラジコン技術を駆使して事件を解決するという、よくわからん小説が原作の人気シリーズだ。去年の夏ごろに実写ドラマをやっていた。一話だけ見て、氷雨と「こち亀にも似たような刑事出てこなかったか？」と話したのを覚えている。


いや、それはともかく。俺は背中をのけぞらせ、ダイニングに隣接したキッチンの様子をうかがった。豪邸らしく一部屋を丸々使った広いキッチンで、椅子やテレビも置かれている。大きなテラス窓の向こうには庭の桜の木が見えた。居心地がよさそう、ではあるが――

「そういうのって、普通リビングとかで見るもんじゃないか？　リビングにもテレビあるだろ」

「奈保ちゃんが洗い物とお昼の用意してたので、それでずっとキッチンに……」

知りたかったのは奈保ちゃんがいた理由ではなく、おまえがいた理由なのだが。まあ、炊事中の従妹（いとこ）を放ってひとりでリビングにってのは気まずいか。二人ともファンなら一緒に見たほうが楽しめるだろうし。

「キッチンからは庭がよく見えますね。異変には気づきませんでしたか？」

氷雨が聞くと、二人は「気づかなかったよね？」と確認し合うように視線を交わした。

「十一時ちょっと過ぎに、チェーンソーの音は聞こえましたけど」と、奈保。「パパがまた何か作ってるんだろうと思っただけで、特には……。桜が邪魔して離れの様子もよく見えなかったし」

「誰かが離れに近づいてくとこととかも見なかったか？」

「いや、だからずっとドラマ見てたんで」

「私も、寝ている間はカーテンを閉めていたので何も……」

健斗がいらついた調子で言い、多香子もすまなそうに続けた。俺は出されたコーヒー（うちのよりも高級品だ）をすすりながら四人の容疑者を観察する。芳樹のシャツの胸ポケットから長方形のケースがはみ出していた。さりげなく指をさす。

「でかいスマホだな」

「あ、はい。こないだ買い替えましまして」

「画質もよさそうですね」氷雨がすかさず乗っかった。「滝の写真はありますか？」

「え……」

「いまどき滝を見に行って記憶にだけ留めるってこたないだろ。一枚くらい写真を撮ったんじゃないか」

交互に詰め寄られると、芳樹は明らかな狼狽(ろうばい)を見せた。手が無意識のようにスマホケースを触り、瞳が左右に動く。やがて返ってきたのは苦しい言い訳だった。

「すみません……昨日は撮らなかったんです。充電が切れかけていたので」

「そうか。ならしかたないな。コーヒーごちそうさん」

「石住芳樹が犯人だ」

もはや考えるまでもなかった。

「ペンキ缶のことを知ることができたのは家族と発見者の志田だけ。志田と娘と甥はアリバイ持ち。残るは妻の多香子と弟の芳樹で、多香子のほうにチェーンソーを扱えたとは思えない。消去法で芳樹。写真の言い訳で決定的だ」

「まだ決めつけられないよ。仮に石住芳樹が犯人だとして、壁に穴を開けた理由は？」

「逮捕してから聞けばいいだろ」

不可解専門にその理屈は通じなかったようで、氷雨はさらに考え込んだ。俺は説得をあきらめ、ソメイヨシノ観賞を再開する。小屋の裏から穿地が現れて、そんな俺たちを職質したそうな目でにらんだ。

「何やってる」

「ちょっと花見の打ち合わせを」と、俺。

「花見？　呑気（のんき）でいいなおまえらは」

「昔はよくしたじゃんか」

　学生時代、桜の季節が巡ってくるたび、なじみの面子（メンツ）で公園や河原へ繰り出していた。俺と氷雨と穿地と、あともうひとり。適当に集まって適当に飲んで適当に帰るだけの、場所取りとかバーベキューとは無縁なノープラン花見。特に楽しいことがあるわけじゃなく、来年からはやらんでもいいかと毎回思うのだが、次の年になるとまたのこのこ出かけてしまう。そんな会だった。

　穿地は俺の横に並んで桜の木を見上げる。花びらが何枚か落ちる間、キャベツ太郎をサクサク噛む音だけが聞こえた。

「もう散りかけだ」

「まだ間に合うさ」

　女傑は答えず、小屋の裏側へ踵（きびす）を返した。俺たちもそれに続く。氷雨のスーツの肩に花びらがくっついていたのではたいてやった。うっとうしがられた。

「で？　片無、穴が開けられた理由はわかったのか」

「意外と難問かも」氷雨は珍しく弱音を吐いた。「何をどう考えても壁に穴を開けるメリットが思いつかない。倒理の大馬鹿説を取りたくなってくるよ」

「なんか俺への悪口みたいになってるんだが」

また穴を通って小屋の中に戻る。まったく、この穴さえなければ立派な密室殺人だったんだが。無粋な犯人にだんだん腹が立ってきた。

「この穴、実は意味なんてないんじゃねーの？　捜査のかく乱を狙っただけとか」

「それこそ馬鹿げた仮説だな」と、穿地。「単なるかく乱目的でこんな手間をかけるはずが……」

「意味がない？」

ふいに氷雨が食いついた。

地味な外見の中で唯一印象的なくっきりした目が、何かをつかんだように輝いていた。

「そうか。穴そのものには意味がないのかも」

「おいおい」穿地はかぶりを振って、「おまえまで賛成するのか」

「単なるかく乱だとは思わない。でも、何かの痕跡をごまかそうとしたのかもしれない」

氷雨は穴のそばに屈んで床をなぞった。指先に細かい粉が付着する。チェーンソーで削られたおがくずだ。

「殺害前、被害者は犯人と揉み合いになった。ボタンがほつれていたし唇にも青あざが。なら当然、犯人が反撃を受けた可能性もあるわけだ」氷雨は立ち上がり、俺たちを振り向いた。「そのとき鼻血を出すか何かして、犯人の血が壁に飛んだとしたら？」

「……血？」

血が壁に飛んだら――当然拭き取ろうとするだろう。でもそれだけじゃ不充分だ。拭き取ってもルミノール検査はごまかせないし、ほんの少しでも血液が残っていたらＤＮＡ鑑定で一発でばれる。なら壁紙ごと破り取るか？　いや、この掘っ立て小屋に壁紙は張られていない。とすると血痕を消し去る方法は――

俺の視線が、もう一度床に放られたそれを捉える。日曜大工とスプラッタホラーの花形。何かをぶった切るのに最も適した道具。

チェーンソー。

「犯人が血痕をチェーンソーで削ったってのか」

氷雨はうなずいた。たしかに、血のついた壁を細断すれば確実な証拠隠滅になる。いくら警察でもおがくずの一粒一粒を調べられるほど暇じゃない。

「でも、ピンポイントで削っただけだと壁にあからさまな傷が残ることになる。名探偵じゃなくても犯人が何かの痕跡を消そうとしたことには気づくだろう。だったら、もっと派手に壁を壊せば……」

誰もが穴に注意を奪われる。そして誰もが、真の隠蔽（いんぺい）工作には気づかない。

俺は巻き毛をかき上げて素早く仮説を検証する。悪くない説だ。証拠隠滅に気づかれたくなかったというのは犯人の行動として筋が通っている。だが、

「それが正しいとすると」穿地が言った。「穴は壁の傷をごまかすための偽装工作だったことになるな」

「そのとおり」

「しかし犯人はドアの前にペンキを撒いている。あれだって穴を開けた理由をごまかすための偽装だろう。二重の偽装工作というのは念が入りすぎじゃないか」

「……すごく頭のいい犯人だったのかも」

「おまえらの犯人像はＩＱがころころ変わるな」

「それに」と、俺も口を出す。「俺が犯人で壁の傷をごまかすなら、もっと小さい穴

で済ませると思う。現場からは一刻も早く逃げたほうが得だろ。いくら派手なほうがいいったって、時間かけてここまででかい穴開けるのはそれこそ無意味だ」

「わかったわかった。取り下げるよ」

氷雨はふてくされたように指についたおがくずを吹き飛ばした。

たしかにこりゃ難問かもしれない。俺は腰に手を当てて、普通の殺人現場じゃまずお目にかかれないその光景とにらみ合う。密室の壁にぽっかり開いた無粋な空間。縦百七十センチ横二百センチのいびつな楕円を描く穴。いよいよ犯人が馬鹿だったとしか思えなくなってきた。

「いくらなんでもでかすぎるんだよなあ」

「言えてる」

愚痴っぽく吐き出すと、珍しく氷雨も同意見だった。

「何が目的だったにせよ、殺人現場にこんな穴開けるなんて非常識だよ。人が通るにしても……ちょっと待った」

雑談めいた雰囲気が一変した。

「穴が大きすぎる。たしかにそうだ、いくらなんでも大きすぎる。穴が開けられたことの意味ばかり考えてたけど、ひょっとしてこの大きさに意味が……」

氷雨は憑かれたような足取りで穴に一歩近づく。その特大サイズを肌で感じようとするみたいに、間近に顔を寄せたまま動かなくなる。また何か思いついたのか、邪魔しちゃ悪い雰囲気だった。紳士な俺は一歩下がり、未完成のキッチンテーブルに寄りかかる。

そのとたん、ガタリとテーブルが傾いた。ああそうだ、脚の高さが合ってないんだったか。音を聞いた氷雨が振り向いたので、たいしたことじゃねえよと返事かわりに顔をしかめた。そう、たいしたことじゃ――

あれ？

またガタリと音が鳴った。今度は現実じゃなく、俺の頭の中で。積み重ねた前提が蹴り倒されて新たな論理に作り変えられる。謎が解けるときのいつもの感覚だった。

「……氷雨」

「倒理」

気がつくと、目の前で相棒が微笑んでいた。辿り着いたのは二人同時。どうやら今日は引き分けらしい。まあ事件が専門外だったことをふまえれば、俺は善戦したほうだろう。

「お花見には何がいるかな。ビールとおつまみ？」

「ビニールシートもいる。駅前にはコンビニなかったな。商店を探さねえと」

「おい」と、穿地のいらだった声。「花見の話なら仕事のあとに……」

「だから花見の話をしてんだよ」

「犯人の名前も壁の穴の理由も全部わかった」

俺と氷雨が言うと、冷酷無比を誇る女傑の目が一瞬だけ丸くなった。普段にもこのくらいの愛嬌がほしいところだ。

「犯人がわかった？　誰だ。弟の石住芳樹か」

「違う」

「じゃ、妻の多香子？」

「それも違う」

二連続で首を振ってから、氷雨は静かに答えを告げた。

「健斗と奈保の共犯だよ」

4

「いや釜飯はつまみにならんだろ」

「でもせっかく名物なんだし。食べておいたほうが」

「締め用に取っとけよ。あれ？　わさび味ないのか。地デジチューナーはあるくせに……」

歩き回ってやっと見つけた個人経営の商店はたいして品ぞろえがよくない上、なぜか家電を一緒に売っていた。ぶつくさ言いつつ柿ピーやらカルパスやら適当にかごに放り込んでいく。買える食いもののグレードが学生のころから上がっていないのが悲しいところだ。

「穿地は何飲む？　梅酒か？」

「私はまだ勤務中だ」

警部補殿は相変わらず堅物だった。駄菓子コーナーをちらちら気にしているが、買い出しのためについてきたわけではないらしい。

キャベツ太郎を一粒口に放ると、穿地は「で？」と本題に入った。

「なぜあいつらが犯人だとわかった」

健斗と奈保は三十分前、パトカーで連行されていった。二人とも――特に健斗のほうがかなり抵抗したが、氷雨が一言耳打ちすると子犬みたいにおとなしくなった。何を耳打ちしたかは俺にもわかる。キッチンテーブルの脚についてだ。

「じゃあ、まず結論から」チーズおかき片手に氷雨は話し始めた。「犯人が壁に穴を開けた理由は、こっそり外に出るためでも壁についた痕跡をごまかすためでもなかった。もっと物理的な事情による。犯人はその事情のせいで、どうしても壁に穴を開けざるをえなかったんだ」

「……？」

「死体を小屋に入れるためだよ」

キャベツ太郎を噛んでいた穿地の顎がぴたりと止まった。俺は日本酒の小瓶をかごに入れ、話に割り込む。

「死体が載ってたテーブルあるだろ。脚が一本だけ短くて、体重をかけるとガタガタ傾いた。それはなぜだ？」

「未完成だったからだろう」

「そうだな。だが、だとすると矛盾が生じるんだ。脚の長さが不ぞろいなテーブルに、首にドライバーをぶっ刺された男が倒れ込んだとしよう。当然男の体重でテーブルは傾く。すると首から出た血はどうなる？　フロントガラスにぶつかった雨粒みたいに、テーブルの傾斜に沿って斜めに流れるはずだ。違うか？」

違わない、と答える途中でまた穿地の顎が固まった。矛盾点に気づいたようだ。

「テーブルの血痕は流れていなかった……。中央付近に丸い形で固まっていた」

斬新な模様だと皮肉ったが、たしかにあの血痕は斬新だったわけだ。

「ちょっと」と、氷雨。「人の謎解きを取らないでくれ」

「同時に気づいたんだからいいだろ。俺にも華を持たせろよ」

「君が持つのはこれ」

ビールの六缶パックを押しつけられた。主導権を取り戻した〈不可解専門〉は話を引き継ぐ。

「血痕が流れてなかった以上、被害者が殺されたときテーブルの脚の長さは均等だったということになる。つまり殺害時、テーブルは完成していた。犯行後に犯人が脚の一本をチェーンソーで切って、未完成のように見せかけたんだ。なぜ見せかける必要があったのか？　完成品のキッチンテーブルが作業場に置いてあると、誰かに違和感を持たれる危険があったからだ。このテーブルはキッチンに置いてあったんじゃないかという違和感を」

「……真の犯行現場はキッチンだったと言いたいのか。犯人が死体を移動したと？」

「テーブルごとね」

氷雨は薄く笑い、時系列に沿って事件をなぞりだす。

「昨日の十一時前、手作りのテーブルを完成させた石住茂樹がそれをキッチンに運んでいった。キッチンには甥の健斗と娘の奈保がいた。一旦はテーブルを設置し終えてすぐ離れに戻ったけど、ポーチに入ってたドライバーを置き忘れたか何かして、キッチンに引き返したんだろう。おそらくそこで、茂樹は従兄妹同士がいちゃついてる場面に出くわしてしまった」

「え？」最後のは俺が知らない情報だった。「あいつらそんな関係だったのか」

「確証はないけど……殺し合いになるほどの出来事で、二人が共犯関係を結んだならそういう動機かな、と。ダイニングで話したときもあの二人ちょっと怪しかったろ」

たしかに視線のやり取りが気にはなったが。

「おまえってけっこうそういうのに敏感なんだな」

「君が鈍感すぎるんだよ」

言い返せなかったので、ハムを品定めするふりでごまかした。でっかい塊が売ってたが買うのはやめとこう。お値段的に。

「三人は揉み合いになった末、健斗がドライバーを手に取って伯父を殺してしまった。キッチンで死体が発見されたら自分たちが犯人だと告白してるようなものだ。そこで二人は、死体を離れの小屋まで移動させることにした。多香子さんは部屋で寝ていたし芳樹さんも散歩中だったから、素早くやれば人に見られる心配はない」

死体の姿勢を不用意に変えれば痕跡が残ることくらいは二人も知っていただろう。だが幸い、死体はテーブルの上に載っていた。そもそも血痕をどうするかという問題もあるから、丸ごと小屋に運び込むしか選択肢はなかった。

「そういうわけで、二人でテーブルを持って、テラス窓から外に出て小屋を目指した……まではよかったんだけど、そこで大問題が。テーブルがドアの幅を通らなかったんだ。石住茂樹がキッチンにテーブルを持っていくときは脚を折りたたんで、縦にして通したんだろう。でも上に死体が載ってる状態なら、当然縦にすることなんてできるわけない。死体を小屋の中に入れたいのに、それがどうしてもできない。窮地に陥（おちい）った二人は、ものすごく大胆な方法でその不可能を可能に変えた」

「壁に穴を開けたわけか」

「そう。まずテーブルを小屋の裏側に隠す。茂樹のポケットから鍵を取る。ドアの鍵を開けて小屋の中に入り、万が一にも邪魔が入らないよう内側から鍵をかける。そしてここからが本番。チェーンソーを使って、壁にドアよりも大きな穴を開ける」

穴が特大サイズなのは当然だった。そうしないと死体の載ったテーブルが通らないからだ。

「テーブルを無事小屋の中に入れたら、残るは偽装工作。まずテーブルの脚を少しだけ切っておき、未完成に見せかける。続いてドアの前にペンキを撒いて、穴に対する言い訳を作る。鍵を死体のポケットに戻して指紋を拭けば完璧。あとは穴から出てキッチンに戻るだけ」

「石住の作ってたテーブルがキッチン用だったこと。死体の載ったテーブルをひとりで運べるわけねえから二人以上の共犯であること。以上二つの根拠から、キッチンでアリバイを証言し合った二人が犯人ってわけだ」

「ちょっ、最後まで言わせてよ」

「もう充分喋(しゃべ)ったろ。バランスだよバランス」

「自分が謎解きするときはずっと喋るくせに……」

解決編はいつものごとく文句の言い合いで幕を閉じた。穿地は最後のキャベツ太郎を噛み砕き、空き袋を小さくたたんだ。

「御殿場の推理が正しかったな。犯人たちは大馬鹿だ」

買い物かごに梅酒の缶が放り込まれた。結局おまえも花見するのかよ、と俺はにやにや笑いを警部補に向ける。

「一本だけだ。飲んだら捜査本部に戻る」

「散りかけだが、いいのか？」

「どうせ誰も桜なんて見ない」穿地は俺たちから視線を外し、「昔もそうだったろ」ぼそりと言い足して出口へ向かった。レジの前にあったきなこ棒を一本買い、かじりながら店を出ていく。その背中を見送って俺と氷雨は苦笑を交わした。買い物かごはいつの間にかかなりの重さになっていた。

「こんだけ買えばもういいか」

「あとはビニールシートかな」

店の中を探し回ると、雑貨コーナーの隅にビニールシートを見つけた。品ぞろえはやっぱり悪くて、二人用と四人用の二種類しかなかった。

俺は四人用をかごに入れた。

5

数日たったある日の午後。俺はソファーで暇を持て余していた。

テーブルに両足を乗っけて、バームロールをもさもさ食べながら映画雑誌をめくる。このところ応接間兼リビングは少しだけ見栄えが回復した。古新聞と冬物の服を片付けたせいだ。どうせまたすぐ散らかるので、無駄なあがきではあるのだが。

ジョン・マルコヴィッチ特集を読み終えて来週あたりもう一度『コン・エアー』を観返そうと決めたとき、ノートパソコンを持った氷雨が部屋に入ってきた。

「先週の事件、謎がひとつ残ってたの覚えてる？」

「謎？　何かあったっけか」

「被害者の弟の石住芳樹。滝を見にいったって言ってたのに、写真を見せてもらえなかったろ」

「ああ」忘れてた。「ほんとに充電が切れかかってたんだろ」

「いや、あれはやっぱり嘘だったんだ。実は写真どころか、滝の前で撮った映像が何本もスマホに残ってた。さっき穿地から連絡が」

「……じゃ、なんで俺らに見せなかったんだ」

氷雨は開いたパソコンを俺のほうに向ける。表示されていたのはユーチューブの動画だった。タイトルは〈滝の水飲んでみた〉。投稿者名〈ヨッシー〉。再生数は三百回ちょっとで、アップロード日は事件のあった当日。

そこには任天堂の恐竜の被りものとサングラスで顔を隠したひげのおっさん——一目で石住芳樹だとわかる男が映っていた。

『はい、どうも～皆さんヨッシーです。兄の地元に滞在中です。今日はですね～、この名所の――』

パタン。

つらくなる前にパソコンを閉じた。あ、しまった、〈低評価〉をクリックしとけばよかった。

「誰にもばれたくなかったんだって」

「そりゃそうだろうな」

ひどい脱力感に襲われて俺はソファーに寝転ぶ。だが、五秒後に身を起こした。ユーチューブつながりで例のアレのことを思い出したからだ。

「そういや、俺たちのCMは何回くらい再生されたんだ？」

「あ、アップロードしてからずっとチェックしてないね。見てみようか」

「なになに、なんです？　CMの話ですか？」

台所にいた薬子ちゃんもエプロンを脱ぎながら寄ってきた。

「十日くらい経ったから、一千再生くらいはいってるかなあ」

「さっきのヨッシーでさえ三百だからもっといってるかもしれんぞ。人気ランキングとかに入ってたらどうする？」

「夢見すぎですよ倒理さん。でもコメントとかもらえてたら嬉しいですね。好評だったら第二弾も撮りましょうか」

話してるうちになんだかテンションが上がってきて、俺たちはパソコンの前で顔を寄せ合った。氷雨がもう一度ユーチューブを開き、〈【紹介CM】探偵事務所ノッキンオン・ロックドドア〉を再生する。

「ヘイ、ガイズ！」と十日前の俺の陽気な声。そして「えーと、あー、どうもこんにちは」と氷雨の強張（こわば）った声。

再生数は〈8回〉だった。

「…………」

「…………」

「…………」

氷雨が画面をスクロールする。評価数はゼロ。コメントは一件もない。

「…………」

「…………」

「…………」

氷雨はパソコンの電源を切った。一言も発さぬまま、何事もなかったかのように二階へ上がっていく。薬子ちゃんも真顔で台所へ戻った。俺はソファーに寝直してバームロールの残りを口に放った。

やっぱり俺たちには、こういうのは向いてないみたいだ。

時計にまつわる いくつかの嘘

1

「賭けは俺の勝ちだな」

　初夏のある朝。あくびしながら居間に下りていくと、ソファーで悪魔がふんぞり返っていた。黒い巻き毛が寝癖で跳ねて、いつも以上にひどい髪型になっている。僕より早く起きるとは珍しい。

「賭けって何の」

「一年前の賭けだよ、俺が覚えてられるかどうかっていう。今年は忘れなかった。俺の勝ちだ」

　テーブルの上にラッピングされた小箱が放られた。頭の中の日めくりカレンダーを一枚破って、僕は「あ」と声を出した。

　誕生日だ。僕の。

　このところ浮気調査などの細かい仕事に追われていたせいで、すっかり失念していた。同時に去年のことも思い出す。たしか二ヵ月遅れで倒理にサプライズパーティーを開かれ、さすがに呆れてしまい、この分じゃ来年は半年遅れだね、いやもう忘れんから、じゃあ賭けるか、という流れになったような、ならなかったような。別にこいつに誕生日を忘れられたところで僕は何も困らないのだけれど、我ながらくだらない約束を交わしたものだ。

「よく覚えてたね」

「記憶法を編み出した」倒理はにかっと白い歯を見せ、「美輪明宏の誕生日と同じ。これで完璧」

むしろなぜ美輪明宏の誕生日を知っているのか。

「まあ、とりあえずありがとう」小箱を手に取った。軽い。「爆発物ではなさそうだね」

「この家くらいならその量でも吹き飛ばせる」

「じゃ、君も道連れだ」

リボンをほどいて箱を開ける。

現れたのは、腕時計だった。

岩を削ったみたいにゴテゴテした金属バンド。塗装はメタリックに輝くショッキングピンク。黒地の文字盤にはリアルなドクロの笑顔があしらわれ、長針と短針はイナズマの形に歪んでいた。

「…………」

爆弾のほうがましだった。

「おまえの時計もう傷だらけだろ。替えどきだと思って」

俺って粋なことするよなあ、みたいなドヤ顔で言われた。本気なのかわざとなのか。いや、玄関のインターホンを外して探偵事務所に〈ノッキンオン・ロックドドア〉なんて名前をつけるこいつのセンスからすると、たぶん本気なのだろう。

「うん。あー……うん。ありがとう」

自分を納得させるようにうなずいて、僕は時計を手首に巻いた。今日からこれで街を歩き回るのか。まったく最高の誕生日である。

「あれ。ところで、一年前の賭けって何を賭けたんだっけ」

「高級焼肉。負けたほうのおごりで」

「……え、僕の誕生日なのに？」

「ハッピーバースデー氷雨くん」

倒理が辞令を言い渡す上司のように肩をすくめ、僕が反論を試みたとき、トットントットト、トットントントン。トットトトントントントン。

玄関からリズミカルなノックが聞こえた。

うちの玄関にインターホンやドアチャイムがついていないのは、ノックの音から来訪者の姿を推測しやすくするためだが、これほど特徴的なノックだと推理力を発揮するまでもない。あいつか。あいつだな。倒理と視線を交わした直後、ドアを勝手に開ける音がし、居間に若い男が踏み込んでくる。

「へい毎度どうも。朝っぱらから失礼しやす」

アイドル顔負けのルックスとは裏腹な三下口調で挨拶すると、神保剽吉は僕の隣に腰かけた。お盆に載っていたカントリーマアムを手に取り、ぽろぽろ食べかすをこぼし、「お茶もらえます？」とまた勝手な一言。

「よお仲介屋」倒理が投げやりに挨拶した。「誕生日を祝いに来たのか」

「誕生日？　へえ、どなたの」

「美輪明宏の」と、僕。「何か用？」

「事件を持ってまいりました。不可能犯罪。御殿場さんの専門です」

とたんに倒理が活気づき、僕の口からはあくびがぶり返した。

神保は都内を縄張りとする仲介屋である。独自の情報網で事件を仕入れ、手ごろな探偵に斡旋し、マージンを受け取るのが仕事。いけ好かない上にうさんくさい男だが、慢性的依頼人不足の僕らはしばしば彼の仲介に頼っている。

仕事を持ってきたなら追い返すわけにもいかない。僕はキッチンに行って三人分のインスタントコーヒーを淹れた。居間に戻るとテーブルに書類が広げられていて、神保が説明を始めていた。

「昨日の明け方、大井町の公園で女性の死体が発見されました。奥森涙、二十四歳。仕事はぬいぐるみの修理業者。現場近くのアパートにひとり暮らしです。夜道で襲われたらしく何者かに首を絞められてました。ハンドバッグを持ってましたが盗られたもんは特にないようです。婦女暴行の形跡もなし」

「通り魔か？」と、倒理。

「容疑者がいます。塚越大悟、二十五歳。〈九十九インフィニティ〉って知ってます？」

「さあ。倒理知ってる？」

「プロレス技か何かだな」

「バンド名ですよ。三人組のインディーズ系バンド。塚越はそこのギターボーカルです。ときどきハーモニカも」神保はあごを撫で、「あっし個人の意見としちゃ、彼はギターに専念すべきですね」

「被害者との関係は？」と、僕。

「恋人同士でした。ただ仲が悪かったって噂も。口論が絶えなくて、三月の終わりには居酒屋でつかみ合いの大喧嘩までやらかしてます。まあつかみ合いというか、塚越が彼女さんを突き飛ばして、それを周りが止めたって感じですね」

「彼女を突き飛ばした？　傷害事件じゃないか」

「一歩手前ってとこですね。ちなみに喧嘩した店は道玄坂の〈女王鶏〉です。ここは唐揚げが美味い」

こいつの話には余計な情報が多い。

「で、その彼氏がなぜ容疑者なの」

「現場に男もののネックレスが落ちてましてね。塚越の私物でした」

「じゃあほぼ決まりじゃないか」

別段変わった事件ではない。そう思って言うと、神保は待ちかまえていたように唇を舐めた。

「時計の問題がありまして」

「時計？」

「被害者のつけてた腕時計がね、壊れてたんですよ。七時四十分を指したままで。そしてその日のその時間、〈九十九インフィニティ〉は四谷のライブハウスで演奏中でした。もちろん塚越も出ずっぱり。鉄壁のアリバイです」

「おいおいおい」倒理が激しく首を振る。「止まった時計なんてあてになるかよ。犯人が時間ずらして壊しただけだろ。百年前とは違うんだぞ」

「ところがあてになるんです」

　神保は一枚の書類を僕らに見せた。

　腕時計のカタログ画像が添付されていた。真っ白な革バンド。無駄を削ぎ落とした銀色に輝くシャープなボディ。文字盤は12だけがアラビア数字で、あとの部分にはシンプルな線が刻まれている。現代的というか未来的というか、さっき僕がもらったのとは大違いな洗練されたデザインだ。その上には大げさなキャッチコピーが躍っていた。

〈疋田製作所の底力——神の定めし刻『シュトラウス』〉

「被害者がつけてた時計はこの〈シュトラウス〉です。ほら最近、町工場の技術力を見直す的なやつが流行ってるでしょう。あれに乗っかって、精密機器メーカーの疋田がセイコーとコラボして作った最新モデルです。完全受注生産、一度時間を設定したら最後、誤差を自動修正して死ぬまで絶対狂わないって触れ込みの高性能電波時計。よっぽど自信があるんでしょうね。見てください、デザイン優先でリューズがどこにもついてない。電池が切れたらどうするって？『メーカーにお送りください。無料で交換いたします』だそうですよ、手厚いですね。まあそういうわけで、一般人が人為的に時間をずらすこたあできません」神保はセールスマンみたいに解説してから、倒理に笑いかける。「百年前とは違いますから」

「……死亡推定時刻は」

「五月十三日午後七時から十一時までの間。死体は敷地の端に倒れてたんですが、隣家の室外機がそばにありましてね、温風が当たっていたせいではっきり絞れないようです。指紋等も見つかってません」

僕らは黙り込んだままコーヒーをすすった。殺伐とした話題と裏腹に、居間には朝日が降り注いでいる。外から雀（すずめ）の鳴き声と、登校する小学生のはしゃぎ声が聞こえた。

「警察は塚越をアリバイ持ちと見て、通り魔の線で動いてます。が、塚越が犯人だとしたら……」

「何かトリックがあるな」

倒理は巻き毛に手をやった。すでにエンジンを回しているようだが、僕は正直乗り気じゃなかった。〝不可解専門〟に活躍の場はなさそうだし、浮気調査の報告書もまだ書き終えてないし。

「無理に受けなくてもいいんじゃない？」やんわりと発言してみる。「神保、悪いけど僕らいま、珍しく立て込んでて……」

「あのＣＭは傑作でしたね」

「ＣＭ？」

「ユーチューブの。いやあ笑いましたよ。あんなに面白いのになんで再生数が伸びないんだろ。ほかの探偵さんたちにも教えていいですか？」

「………」

あれのことか。先月、依頼人を呼び込むために撮ったウェブＣＭ。世界七十六億人のうち八人にしか視聴されなかった大失敗作だが、なんとその八人のうちのひとりがこいつだったらしい。

あの世紀の悶絶（もんぜつ）恥辱映像を、同業者たちに、教える？

「倒理」僕の頬（ほお）を冷や汗が伝った。「受けたほうがよさそうだ」

「最初からそのつもりだっつうの」

本当に、最高の誕生日である。

2

マイケル・シェンカーを思わせる激しいギターソロが鼓膜を震わす。好きな音色だと思った直後、主張しすぎなベースが割り込んでややとっ散らかった印象になる。四つ打ちのドラムが盛り上がり、無理やり絞り出すような高音のサビへと突入する。

ああ　僕らどこに行けばいいの〜
もう道しるべも見えやしな〜い
こんなんじゃどこにも行けないよ〜
行き先もわかりゃしないよ〜
あてもなく〜さまようだけ〜
ああ〜

そのあとも数回「どこにも行けない」を繰り返し、「どこにも行けない」というタイトルのその曲は終わった。とにかくどこにも行けないことだけは伝わってきた。

四谷のライブハウスに併設されたスタジオ内。壁にはよくわからないインディーズバンドのポスターがひしめき合っている。〈発砲スチロール〉、〈RED HOT PIG〉、〈鎌倉ぜんざい公社〉、そして〈九十九インフィニティ〉。倒理とシェアしていたイヤホンを外すと、そのポスターと同じ顔をした男たちに返した。

「どうでした？」

「いい曲ですね」

「ボーカルを加入させたほうがいい」

僕のは建前で倒理のは本音だった。歌が下手という自覚はあるらしく、二人の男は気恥ずかしそうに頭をかく。茶髪のツンツン頭はベースの釧路(くしろ)、骨ばったTシャツ姿の男はドラムの摸木(もぎ)というそうだ。

「ほかの曲も聞きます？　先月ミニアルバムも出したんです」

「ほんとは生演奏でお聞かせしたいんすけど、今日は大悟があれなんで……」

二人はスタジオの隅(すみ)へ目をやった。ギターボーカル（兼ときどきハーモニカ）を務めるリーダーは、楽器も持たぬままパイプ椅子に腰かけている。憔悴(しょうすい)しきった様子で、僕らの訪問にすら気づいてなさそうだ。

「顔を出したはいいんすけど、ずっとあの調子で」

「しょうがねえよ。涙ちゃんあんなことになったんだから」

「あんたたちも奥森涙とは親しかったのか」

涙ちゃんという呼び方が気になったのだろう、倒理が尋ねた。

「ええ。ライブとか打ち上げにもよく来てくれたんで」

「つきあいだしたころから知ってるよな。二年ちょっと前かな」

倒理が僕に目配せする。「俺はこっち、おまえはあっち」という意味らしい。さりげなくその場を離れ、被害者の恋人へ接近した。

塚越大悟は眉の整った、シュッとした顔立ちの青年だった。伸ばした前髪を片目を隠すように分けていて、メイクすればビジュアル系でも通じそうだ。

彼は膝の上にタブレット端末を載せ、それをじっと見つめている。画面に流れているのは写真のスライドショーだった。写っているのは塚越と、ショートヘアの丸顔の女性——奥森涙だ。牧場とレンガ屋根を背景に、彼女は右手で裏ピースを決めていた。

「ドイツに行かれたんですか」

「千葉だよ」

塚越は顔を上げずに応えた。ああ、東京ドイツ村か。画面が次の写真に切り替わる。観覧車の中でも彼女のポーズは変わっていない。

「裏ピースが世界一かわいいって信じてたんだ。もうたいして流行ってないのにさ」

恋人は弱々しく笑った。「変な奴だったよ」

「十三日の夜のこと、聞かせていただいてもよろしいですか」

向かいのパイプ椅子に座ると、塚越はそこで初めて僕を見た。目は赤く腫れていた。

「あの日は——ここでライブやってた。涙にも来ないかってＬＩＮＥしたんだけど、仕事が長引きそうだから今日はやめとくって。五時から八時まで演って、打ち上げなしで解散して、九時には自分ちに戻ってた」

「塚越さんのご自宅は……」

「新馬場のアパートだよ」

新馬場。大井町までは一キロ程度だ。死亡推定時刻は十三日の午後七時から十一時。九時に新馬場にいたとすると、時間は充分あったことになる。

「オレのせいだ」

「え？」

「ネックレス、あいつが持ってたんだろ。あれ、何日か前にオレがなくしたやつなんだ。きっと涙の部屋に落ちてて、あの日あいつが見つけて、オレに届けようとしたんだ。で、アパート出たところを誰かに……」

塚越は苦しそうにうなだれる。彼には悪いが、僕の抱いた感想は「ものは言いようだな」だった。

「涙さんはライブに行かないと言ってたんでしょ。ネックレスを見つけたからって、その日のうちに届けようとしますかね」

「急に気が変わったんだろ。そういう変な奴だったんだよ」

変な奴、か。これも便利な言葉だ。僕の同居人も変な奴で、今朝も僕に変な腕時計をくれたばかりだが、あいつならそんな親切な気まぐれを起こすかどうか――

「あれ?」

タブレットに目を戻したとき、些細なことに気づいた。

ドイツ村での思い出はもう終わったらしく、表示されていたのは別の日のデート写真である。どこかの喫茶店でくつろぐ奥森涙。右手はやはり裏ピース。そして、左手に持ったスプーンでクリームソーダをすくっていた。

「奥森さん、左利きだったんですか」

「ああ」

「腕時計は? どっちの手にはめていました?」

「右手だけど」

それがどうした、と言いたげに答える塚越。だがこれは奇妙だった。ドイツ村の写真でも、いまの喫茶店の写真でも、服の袖から覗く奥森涙の右手には何も巻かれていなかったからだ。

「彼女は普段、時計をつけていなかったんですか？　シュトラウスという腕時計をつけていたと聞いたんですが」

「つけてたよ。二、三ヵ月前、新しくしたっつってた。あー、でも……最近はどうだったかな。そういえばつけてなかったかも」

「かも？　恋人のことなのに覚えてないんですか」

「二年半もつきあってりゃ時計なんていちいち気にしねえよ」スライドショーが終わる。塚越はタブレットをスリープさせ、「あんた、いままで誰とも長続きしなかったろ」

見透かすように言った。僕は唇に力を込めた。前のめりになり、バンドマンの目を覗き込む。

「あなたたちもこれ以上長続きしそうにはなかった。三月の終わりに、居酒屋で彼女を突き飛ばしたそうですね」

塚越は口ごもった。

「カッとなっちまっただけだよ。怪我(けが)はなかったし、ちゃんと謝ったし、別に険悪にはならなかった。ドイツ村行ったのもそのあとだし……」

今度もまた言い訳っぽく聞こえた。充血した目の中で、瞳が行き場を求めるように泳いでいる。さすが名曲「どこにも行けない」の作詞者なだけある。

やがてその瞳はおかしな角度を向いて固まった。視線の先には、僕の左手。

「あんたの時計は……その、個性的だな」

「好きでつけてるわけじゃないんです」

分が悪い。ここまでにしよう。僕は礼を言って椅子から立った。倒理のほうを振り返ると、ほかの二人と現代邦ロック事情について議論を交わしているところだった。巻き毛を引っ張るようにして外へ連れ出す。

「収穫は?」

「シンセ頼みが多すぎるってさ」いやそっちの話じゃない。「塚越と奥森の関係について突っ込んでみたが、『喧嘩するほど仲がよかった』で押し通された。そっちはどうだった?」

「君の時計をほめられた」

「だろう? プレゼントした甲斐(かい)があったぜ」

皮肉の通じない相棒である。


「全国から傷ついたぬいぐるみを送ってもらって、ここで直して、送り返すんです」

ぬいぐるみ修理工房〈アクアウッド〉の社長は、テディベアの目を縫いつけながら語った。三十代なかばの、エプロンがよく似合う男だった。名前は水木里資。仕事はユニークなのに社名は安直だ。雑居ビルの四階にある〝工房〟の様子も言うほどそれっぽくはなく、小さな部屋に裁縫道具とぬいぐるみが並んでいるだけだった。

「奥森さんはいつも十七時上がりなんですけど、あの日はちょっと重傷の子が送られてきましてね、残業してもらいました。ほら、あれ」

水木は棚を指さす。治療されたサメのぬいぐるみが置かれていた。ほかにもひよこ、シマウマ、ピカチュウ、うさぎの被りものをした黒猫など、多様な患者が入院中である。

「帰ったのは十八時半ごろだったと思います。僕はそのあと広告業者と二十時過ぎまで打ち合わせを」

「奥森は帰り際になんか言ってなかったか。たとえば彼氏と約束があるとか」

「さあ、特には……。奥森さんの彼、あのなんとかってバンドの人でしょ。よく愚痴ってましたよ、乱暴な奴でもう別れたいって」

水木は同情するように顔をしかめた。にしても、十八時半か——僕はぬいぐるみを眺めながら、神保の報告書を思い返す。

警察の捜査によると、奥森涙の部屋にはパスタを調理した形跡があったそうだ。あの日はゴミの収集日だったので、食べたとするなら朝以降のこと。つまり彼女は一度帰宅している。ここからアパートまでは歩いてせいぜい三十分。殺害時刻を時計が指していた七時四十分と仮定するなら、彼女は七時ごろに帰宅して、三十分で夕食を済ませ、また慌ただしく外出したことになる。本当だとしたらかなりせっかちだ。

「普段の奥森さんはどんな方でした？」

「おっとりしてるとこもあったけど、いい子でしたよ。あ、そうそう、あれも奥森さんが買ってきたんです」

今度の「あれ」は壁にかけられたコルクボードのことだった。事務用ではなく観賞用らしく、十数枚の写真がピンで留められている。

「お客とのやりとりは全部ネットだし、仕事も部屋にこもりきりなので、ああいうのあると癒(いや)されるんですよねえ。ほかにもいろいろ助けてもらいました。まいりましたよ、たったひとりの社員だったのに……」

被害者の死よりも助手がいなくなったことを嘆いているらしい。

僕はコルクボードに近づく。修理し終えたぬいぐるみや仕事中の水木など、工房での日常を写したものだったが、社長の本音が垣間見えたあとだとなんだかどれも虚しく思えた。奥森涙の写真もあった。プラ容器から柏餅を持ち上げているところで、やはり右手で裏ピースを決めている。袖から覗く手首には白い革バンドが見えた。時計だ。

あれ？　ここではきちんとつけている――

「お二人も、思い出のぬいぐるみがあったらぜひうちへ。クリーニングもできますよ」

水木が営業トークを始めた。ぬいぐるみねえ、と倒理は首をひねる。

「そういうかわいいのはうちには……あ、そういえばリビングに鹿がいたな。鹿でもいけるか？」

「もちろん。鹿でもトナカイでも」

「そうか、じゃあ今度持ってくるわ。ちょうど汚れてきてたし」

「よしなよ」僕は割って入った。「すみません、うちの鹿は剥製なんです」

口をへの字に曲げた水木を残し、僕らは工房をあとにする。ドアの軋みが長く尾を引いた。

「次はどこ行く？」階段を下りながら倒理に尋ねる。「大井警察署？」

「そうするか。時計の実物を見ないことには始まらん」

「見せるわけないだろ」

ところが、というかほぼ予想どおりだが、僕らはカウンターで足止めを食らった。刑事課の係長は腕組みしたまま、被疑者を取り調べるような目で僕らをにらむ。げじげじ眉毛がいかにも頑固そうだった。

「お願いします。捜査に協力したいんです」

「証拠品ちょっと見るだけだ。盗りゃしねえよ」

「だめだめだめだ。帰れ」

「そこをなんとかさ。頼むぜ大将」

「誰が大将だ」

倒理の軽口でますます機嫌を悪くする大将、ではなく係長。周りの署員からの視線も針でつつかれるかのようだ。形勢良好とは言い難い。

僕はちょっと悩んでからカウンターを離れ、ある番号に電話をかけた。

『三十秒以内だ』

スリーコールで相手が出て、いつもどおりの冷たい声で言われた。

「やあ穿地——僕らいま、大井町で女性が殺された事件について調べてて、大井警察署にいるんだけど。証拠品を見せてもらえないんだ」

『だろうな』サクサクと咀嚼音。『おとなしく帰れ』

「うまい棒食べてる？」

『チョコバットだ』

「あ、そう」それは推理できなかった。「君のほうからちょっと口添えしてもらえないか」

『私にそんな義理はない』

「頼むよ……僕、今日誕生日なんだ」

だめ押しで言った直後、電話が切れた。通話時間は二十五秒だった。友人の力を借りようと思ったのだが、やっぱり無理があったか。

日を改めたほうがよさそうだ。倒理を小突き、エントランスへ引きずってゆく。係長は塩でも撒きそうな権幕で僕らを見送る。

そのとき、彼の背後で電話が鳴った。署員のひとりが受話器を取り、かしこまった

様子で二、三言話し、

「係長、お電話が……」と、こちらを向いた。「本部捜査一課の穿地警部補からです」

五分後、係長は青汁を頭からかぶったような顔で保管室の鍵を開けていた。穿地は絶対零度の堅物だが、少なくとも倒理よりはまともな誕生日プレゼントをくれたわけだ。お中元はチョコバットを箱ごと贈ることにしよう。

「通り魔の犯行だ。入り組んだ事件じゃない」

ぶつぶつ言いつつ、係長は遺留品を机に並べる。現場に落ちていたネックレス。奥森涙が持っていたハンドバッグ。身に着けていた衣服と靴に、そして腕時計。

「通り魔なら」倒理は白手袋をした手でネックレスを持ち上げ、「こいつはどう説明する」

「塚越大悟はシロだよ。アリバイ持ちってだけじゃない。周囲のカメラにも当たったが、十九時から二十三時にかけて塚越らしき男は確認できなかった」

「俺が犯人で、アリバイをごまかす程度に頭が回るなら、きっとカメラも避けて通る。現場と死体の写真も見せてくれ」

係長は青汁を静脈注射したような顔で奥にひっこんだ。倒理は続いて時計を持ち上げ、僕も顔を寄せた。

疋田製作所の〈シュトラウス〉。神保の報告書に添付されていた写真と同じ、白くスマートな腕時計である。文字盤には斜めにヒビが入っていて、針は七時四十分二十八秒を指したまま止まっていた。倒理はそれを舐めるように見つめ、バンドや留め具の具合もたしかめてから時計を裏返す。蛍光灯の淡い光が細かい傷に反射してきらきらと瞬いた。

「ワトソンくん、どう思う？」

「ホームズくんがくれた時計よりいいセンスをしてるよ」

倒理は時計を置き、少し考えてからハンドバッグに手を伸ばした。大きく開き、中をごそごそいじり回す。その目はなぜか時計を見るのと同じくらい真剣だった。

係長が戻ってきて、テーブルにファイルを放った。

倒理はバッグに夢中なので僕がそれを開いた。現場の大井第二公園は、住宅街の中の小さな公園だった。植木の中に隠れるようにして、首に痣をつけた奥森涙が、四肢を投げ出す形でうつ伏せに倒れている。塚越のタブレットで笑顔を見たあとだと、その死にざまを見るのは心苦しかった。右手首には時計の白いバンドが巻かれており、文字盤は手首の内側、つまり手のひらの側に位置していた。倒れ込んだ際に石などにぶつかって偶然壊れたのか、殺害後に誰かがわざと壊したのか。やはりこれだけじゃ判別できない。

「わはは」

空調の低い音を、場違いな声が破った。倒理だ。バッグの内ポケットを覗き込み、何やら悪魔的に笑っている。そこから小銭とキーホルダーのついた鍵を取り出し、蛍光灯に照らすと、ますます唇の端が吊り上がった。

「行くぞ氷雨」

写真やほかの証拠品には軽く目を通しただけで、倒理は検分を切り上げた。

「もう終わりか」小馬鹿にするように係長が言う。「探偵ってのは気楽でいいな」

「有能だから早く済むんだ」

係長はまた青汁系の面白い顔をしたのだろうけど、先にドアを閉めたため拝むことはできなかった。早足で廊下を進む倒理は上機嫌である。ぴょこぴょこ揺れる巻毛が尻尾を振る犬みたいだ。

「何かわかったの」

「時計の謎が解けそうだ」

え、もう？　思わず聞き返しそうになったが、ギリギリのところで「それは何より」と言うにとどめた。僕はこいつの助手じゃない。

「で、このあとは」

「そうだな、二手に分かれるか。おまえは奥森涙の知り合いに片っ端から当たってくれ。ここ半年くらいの被害者の写真がなるべく多く見たい。俺はちょっと調べものをする。夜に店で落ち合おう」

「店？」

「言ったろ」倒理は僕の肩をポンと叩いた。「賭けは俺の勝ちだ」

3

網目模様の満月の周りに赤い夢が広がっている。

厚切りのネギタン塩、美しいサシの入った上ロース、希少部位のザブトン。カルビではなくステーキ系で攻めようという話になりサーロインも二百グラム頼んだ。眺めているだけで心が満たされる幸福な光景。店内の雰囲気も大変よく酔っぱらって騒ぐ学生等の姿は皆無である。これが僕の自腹でなければもっと夢のようだったのだが、まあしかたない。そのことを考えるのはあとにしたい。

さっそく始めようと肉をつかんだところで、

「早い」

出鼻をくじかれた。

「火つけたばっかだろが。網が温まってから焼くんだよ。そうしないと肉が張りつく」倒理は紙エプロンをつけながら、「あと、つまんでるそれはなんだ」

「何って、ロース」

「馬鹿か。まずはタン塩からだろ」

「うるさいないちいち……」

普段は大雑把極まりないくせに、こういうときだけ奉行だから困る。

「集めてきたか？」

「はいはい」

二十枚ほどのプリントアウトした写真を手渡した。SNSを巡ったり直接会いにいったりして集めた、奥森涙の写真である。塚越にもメールで頼み、フォルダのコピーを送ってもらった。倒理は一枚ずつ確認し、大富豪でも始めるかのように順番を入れ替える。僕はその隙にネギタン塩を網に載せた。

「よーし、やっぱりな」

倒理はメニュー表を押しやって、空いたスペースに写真を広げた。順番は日付順に並び変えられていた。遊園地で、アウトレットパークで、レストランで、ライブ会場で。塚越とだったり友人とだったり家族とだったりとバラバラだが、どの写真でも彼女は右手で裏ピースを決めている。

「よく見ろ。奥森涙の時計は……待て待て待て、何やってんだ」

説明に入りかけたところで、倒理は僕の手をつかんだ。

「裏返したらネギがこぼれるだろうが。そんなこともわからんのか」

「だってそうしないと焼けないし」

「折りたたむんだよ。で、中でネギを蒸らす。前にも教えたろ」

「忘れたよ」そもそも最後に焼肉を食べたのはいつのことだったか。「じゃ、君が焼いてくれ」

トングを押しつけると倒理は素直に受け取り、慣れた手つきで肉をたたんだ。僕はビールを一口飲む。

「話を戻してもらってもいいかな」

「時計に注目」倒理はトングで写真を示した。「最初はダニエル・ウェリントンをつけてる。今年の二月になるとそれが例のシュトラウスに替わる。三月もつけたままだ。だが四月に入ると」

「時計が消えてる……」

塚越のタブレットを見たときから薄々気づいてはいたが、こうして並べてみると一目瞭然だった。三月まではどの写真でも、右手の袖から覗く時計の文字盤がはっきり確認できる。だが四月以降、奥森涙の右手首には時計が巻かれていなかった。

たしかにいまはスマホが腕時計のかわりになるし、わざわざつけて歩く必要もないわけだけど――

「なぜ急につけなくなったんだろう?」

「なぜだと思う?」

焼き上がったネギタン塩が僕の皿に移される。

「時計の実物、警察署で見たろ。おかしいと思わなかったか。買って三ヵ月足らずなのに、時計には細かい傷がたくさんついてた。タレはいらない」

「え?」

「塩ダレはつけなくていい。そのまま食えばいいんだ」

「はいはい」自由に食べさせてほしい。「別に傷があってもおかしくないと思うけど。現場で転倒したときについたのかもしれないし……」

「転んだだけで裏面に傷がつくか?」

タン塩が喉に詰まりそうになった。

そうだ。保管室で見たとき、時計は裏面にも細かい傷がたくさんついていた。

「裏面は手首と接する側だからな、日常的につけてて傷だらけになるってのは考えられん。奥森涙は時計を外して持ち歩いてた可能性が高いと思った。うん、いい肉だ」

倒理は舌鼓を打ってから、「バッグの中を調べると内ポケットに鍵と小銭が入ってた。キーホルダーにも時計と同じく細かい傷が。奥森涙は四月以降、時計をあのポケットに入れてたんだろう。鍵やコインと長時間一緒に入れてりゃ傷だらけになるのは当たり前だ」

二陣目のネギタン塩が網に載せられる。線香花火みたいな音を立てて油が溶けてゆく。

「大井町の時計屋を片っ端から当たったら裏付けも取れた。三月の終わりに奥森涙が現れて、直せないかってシュトラウスを見せられたそうだ。時計は完全に壊れてたし、保証書なんかも捨てちまったと言う。直せないって言うと困ったような顔して、時計をバッグにしまって帰ってったとさ」

「調べものって本当だったのか」裏付けよりもそこに驚いた。「事務所に戻ってサボってるかと」

「専門分野に関しちゃ俺は真面目にやるんだ」

自慢するほどのポリシーじゃないだろ。でもとにかく、謎は解けた。

「奥森涙の時計は、一ヵ月以上前から止まっていた」

「七時四十分を指した状態でな。時計が不良品だったのか、でなけりゃ彼氏に突き飛ばされたときぶつけて壊したか」

時計が壊れたのは三月の終わり。たしかに居酒屋での喧嘩と時期が一致する。

「時計屋に持っていっても直らなかったんで、バッグにしまってそのまま入れっぱなしに。よくある話だ。犯人はそれを利用してアリバイを作ったわけだ」

倒理は二枚目のタン塩を白米と一緒に頬張った。気分が乗ってきたらしく、さらにロースを焼き始める。香ばしい肉のにおいが立ち昇る。

けれど僕は、さっきほど夢見心地ではなかった。タン塩はあんなに柔らかかったのに、何かが奥歯にひっかかっているような感覚があった。

「時計がもともと壊れてたとすると、犯人は？」

煙の向こうの倒理に問いかける。

「バンドマンの彼氏だろ」

「塚越が、殺害後にバッグをあさって時計を見つけて、それを被害者の手首に巻いたってこと？」

「そういうこと」

「でも現場は暗かったはずだ。探しものはできない」

「スマホのライトか何かで照らしたんだろ」

「照らしたなら、ネックレスに気づかなかったのはおかしくないか？」

傾きかけた中ジョッキがぴたりと止まった。

倒理はロースを裏返すのも忘れて、むっつりと考え込んだ。ナムルを一口食べてから僕もビールを呷る。喉の冷たさに意識を集中し、思考の中へと潜っていく。

公園の事件。時計のアリバイ。奥森涙。塚越大悟。ネックレス。写真。裏ピース——

あれ？

ひっかかっていた何かにやっと気づいた。そこからさらに疑問が生じ、もう一段階推理を進める。ジョッキを置くころには目の前に道が拓けていた。

「倒理。柏餅はいつ食べる？」

「もう酔ったのか？」相棒は眉をひそめた。「柏餅なんてメニューにないぞ。餅が食いたいならデザートの白玉か……」

「そうじゃなくて、たとえばの話。柏餅を食べる時期はいつだ？　和菓子屋とかのいいやつじゃなくて、プラ容器に入ったスーパーのやつ」

「……五月のはじめか、四月の終わり。それ以外の時期は売ってねえだろ」

その答えで確信が持てた。僕はトングを手に取り、焼きすぎたロースを裏返す。

「ここの支払い、やっぱり割り勘にしないか」

「え？　なんで」

「なぜなら、僕が事件を解決したから」

倒理はこの事件を自分の専門分野だと言っていたが、どうだろう。どちらかというと僕のほうの専門だったかもしれない。

不可解な事象を解き明かすのが得意な、僕のほうの。

4

翌日は午後から雨が降り始めた。どんよりした雲が空にかぶさり、フィルターを通したように街のすべてが青く濁って見えた。

大井第二公園にも子どもたちの姿はなかったが、それは天気のせいだけではないだろう。敷地の隅にはまだ規制線も張られている。殺人現場で遊びたがるような物好きはなかなかいない。

　いるとしたら、それは――

「来た」

　目当ての人物は、喪服姿で傘をさして現れた。奥森涙の告別式が近くで行われるので、何人かここに立ち寄るのではないかと予想していたのだ。

「犯罪者は現場に戻るってか」

　倒理がつぶやく。何を思い出しているかは僕にもわかった。学生時代に受けた教授の講義だ。六号棟のゼミ教室で僕ら四人と向き合いながら、教授は淡々と語っていた。

　さて、〝犯罪者は現場に戻る〟とよく言われるね。この古い言い回しは、古いがゆえにある程度正しい。彼らは往々にして現場に戻ってきたがる。見物目的の愉快犯もいるが、多くはそうではない。君たちも旅行に出たあとで、家の鍵をちゃんとかけたか心配になったことがあるだろう。それと同じだ。彼らは心配になるんだ。自分の犯行に落ち度はなかったか。消し忘れた証拠はないか。それをたしかめずにはいられないんだ――

「何人か余計なのもいるが、まあいいや。行くか」

「警察が来るまで待たなくていいの？」

「二人で押さえりゃなんとかなるだろ」

楽観的に言われた。銃も手錠も持たない僕らには、警察と違って暴れる犯人を取り押さえる力がない。やり手の探偵になると、そういう事態に備えて腕に覚えのある助手を連れていたりするのだが、あいにく僕らはやり手とはほど遠い慢性的依頼人不足の零細探偵である。そもそも助手、いないし。

とはいえ、狭いトンネル遊具の中に二人で体操座りし続けるのもいいかげん限界だった。うなずきかけ、遊具の両側から這い出る。

「よお」

倒理が呼びかけると、喪服の男たちが一斉に振り向いた。

「あ、探偵の……」

「なんでここに」

ベーシストの釧路とドラマーの摸木が言う。ネクタイを締めていると普通のサラリーマンみたいだ。

「ちょっとそいつに用があってな」

「自首をすすめに来たんです」

僕らは犯人のほうに顔を向けた。塚越は一歩後ずさった。

「自首って……オレが犯人だってのかよ。ふざけんなよマジで。オレはそんなこと」

「やってない。それはわかってます」

「鹿の頭持ってこうと思ってたのにさ、残念だよ」

自分のことじゃないと気づいたのだろう。塚越はゆっくり横にずれる。

その後ろでは、ぬいぐるみ修理工房〈アクアウッド〉の社長が顔を強張(こわば)らせていた。

「僕が……？　なぜです」

水木里資は雨にかき消されそうな声で聞き返した。

「時計ですよ。この事件は、時計にまつわるいくつかの嘘でできているんです」

「まずは犯人のついた嘘からだ」

倒理が一歩前に出て、昨日の焼肉屋での推理を再び語った。裏面の細かい傷について。バッグの鍵とコインについて。写真と時計屋の証言について。すべて語り終えると「要するに」と話をまとめる。

「時計は一ヵ月以上前から止まってた。てことは、七時四十分にアリバイのある奴でも犯行は可能だったわけだ。通り魔でも、ライブやってたバンドマンでも、業者と打ち合わせしてた社長でもな」

挑発的に結ぶと、〈九十九インフィニティ〉の三人は困惑顔で互いを見合った。水木は警戒するようにじっと黙っている。

ここからは僕の出番だ。

「ところが、です」倒理の横に並び、眼鏡のブリッジを押し上げた。「四月より前に時計が壊れたとすると、ひとつ奇妙なことがありました。工房の壁のコルクボード。あそこには柏餅を食べようとしている奥森さんの写真が貼ってありました。柏餅のシーズン的に考えて、撮られたのは四月以降のことでしょう。それなのに、彼女の右手には白い腕時計が巻かれていた」

四月に入る時点で時計が止まっていたことは間違いない。奥森涙がほかの友人たちの前で時計を外していたことも間違いない。ならば彼女は、勤務先の工房でだけ壊れた時計をつけ続けていたということになる。

なぜそんな、不可解な行動を取ったのか。

僕はスーツの袖に指を入れて、ゴツい腕時計の感触をたしかめる。秒針の動きが心臓の鼓動のように伝わってきた。

「奥森さんの奇行の理由は、たぶんこういうことだと思います。皆さんにも経験ありませんか。誰かから服とかアクセサリーをプレゼントされる。あまり気に入る品じゃなかったけれど、せっかくくれたのだからと気を遣って、その人の前でだけはプレゼントを嬉しそうに身に着ける――」

横から倒理の視線を感じた。

「おそらく、あの時計は水木さんがプレゼントしたものです。奥森さんは時計を壊してしまったことを水木さんに知られたくなかった。だから四月以降も、工房にいるときだけは壊れていないふりをした。止まった時計を腕に巻いて、何事もないよう装い続けた。彼女は水木さんに嘘をついていたんです」

「そ、そうだったんですか」水木が戸惑うように言った。「たしかに、時計は僕が贈ったものです。奥森さんが工房でずっと時計をつけていたのも事実です。壊れていただなんて、ぜんぜん気がつきませんでした……」

でも、と彼は僕をにらみつける。

「だからってどうして僕が犯人なんです？　いまの話と関係ないでしょう」

「いいえ。いまの話が事実なら、犯人はあなた以外ありえない」

「なんで決めつけられるんだ！　何か証拠でも……」

「時計ですよ」

公園が静まり返り、雨の音が強まった。

「まず、奥森さんと無関係の人間が殺したとは考えられません。犯人は殺害後、奥森さんのバッグから時計を見つけ出し、それを彼女の右手に巻いているからです。普通、時計をつけるのは左手でしょう。彼女が左利きであることを知っていた人間でなければ、右手につけるという発想は出てこない」

「だ、だからって僕とは限らない。彼女の利き手を知ってる人はたくさんいた。ここにいる塚越さんたちだって、ほかの知り合いだって……」

「しかし塚越さんたちやほかの知り合いならば、あんなふうに時計をつけるはずがないんです」

「……？」

「ワトソンくん、写真を見せてあげたまえ」

「おまえのワトソンになった覚えはねーよ」

言い返しつつも倒理は写真の束を出し、扇状に広げる。

「これは二月から三月にかけての奥森さんの写真です。奥森さんは時計を手首の外側に向けてつけていますね。どの写真でもそうです。でも工房の写真では、彼女の時計は手首の内側を向いていた」

柏餅を持ちながら裏ピースする彼女の右手首に、文字盤は見えなかった。写っていたのは白い革バンドだけだった。

「これも彼女がついた小さな嘘です。彼女は時計が壊れたことをあなたに知られたくなかった。だから四月以降、時計のつけ方を変えたんです。手首の外向きから、内向きへ。時計が手首の内側を向いていれば、当然文字盤のヒビにも気づかれにくくなります」

僕は公園に張られた規制線を見やった。犯罪者は現場に戻る。家に鍵をかけたかどうか心配になって——

たしかに彼は、鍵をかけ忘れていたようだ。

「ぬいぐるみ工房は部屋にこもりきりの仕事で、客と接する機会もない。ならば彼女は、あなたの前でだけ時計を内向きにつけていたことになる。そして、死体の時計も右手首の内側を向いていました」

「奥森涙が左利きであることを知ってて、かつ手首の内向きに時計をつけようとする人間は、この世であんたひとりだけなんだよ」

倒理がとどめを刺すと、水木は傘を取り落とした。雨が濡（ぬ）らすまでもなく、彼の額（ひたい）はぐっしょりと汗ばんでいた。

「シュトラウスは受注生産の最新モデルです。簡単に買えるものじゃない。これがあなたが贈ったプレゼントなら、あなたは奥森さんに気があったのかもしれない」僕は謎解きを続ける。「僕らの前ではずいぶん塚越さんを悪く言ってましたね？　とすると、動機も見えてきます。あなたはあの日、奥森さんの時計が止まっていることに気づいた。理由を聞くと彼氏と喧嘩したときに壊してしまったのだという。あなたはそんな彼氏とは別れるよう奥森さんに迫った。しかし彼女は聞かなかった。嫉妬したあなたは仕事後、彼女の家へ向かう。ところが途中、公園の前で本人と鉢合わせた」

どこへ行くのかと水木が尋ねる。彼氏にこれを届けに、と奥森涙がネックレスを見せる。壊れた自分のプレゼントと、手厚い保護を受ける塚越のネックレス。なんでそうまでしてあいつなんだ。なんで僕の気持ちをわかってくれないんだ――それで導火線に火がついたのか、もともと殺すつもりだったのかはわからない。とにかくあの夜、この場所で、事件は起きた。

遠くからパトカーのサイレンが聞こえた。僕らはじりじりと犯人に近づく。

「どうやら〈アクアウッド〉は閉店だな」

「もうすぐ警察が到着します。おとなしく……あっ！」

忠告の途中で水木は道路のほうへ走りだした。僕は意表を突かれ、大口を叩いていた倒理も反応が遅れた。ああもう、だから待とうって言ったのに。慌てて傘を投げ、喪服の背中を追いかける。

だが水木の逃亡は、十メートルも続かなかった。

いち早く動いた塚越と〈九十九インフィニティ〉のメンバーが、犯人に飛びかかっていた。

「薬子(くすりこ)ちゃんがケーキ用意してるってさ」倒理がメールを読み上げた。「昨日の焼肉にも連れてってやりゃよかったな」

「君は僕を破産させる気か」

「なんだよ、割り勘にしてやったろ」

割り勘でも高かった。今度あの店に行くときは宝くじが当たったときだろう。

東中野の商店街をひやかしながら僕らは家路を急ぐ。警察への引き渡しが行われている間に雨はやんで、黄昏色(たそがれいろ)の空が顔を覗かせていた。〈九十九インフィニティ〉は表彰されるかもしれないそうだ。僕らには謝礼だけだったが、そこはまあいい。

「結局、原因は全部あのバンドマンか」

倒理がざっくりとまとめた。たしかにそう言えるかもしれない。壊れた時計のせいで事件が起こり、壊れた時計のおかげで事件は解決した。時計を壊したのは塚越大悟。彼は被害者でも犯人でもないけれど、事件に深く関わっていた。

天国の奥森涙は彼のことを恨むだろうか。それは僕にもわからない。でも、少なくとも死の直前までは、彼女は恋人を嫌っていなかったと思う。ネックレスがその証明だ。

「そういえばその時計」思い出したように倒理が言った。「気に入らないなら外せよ」

「べつに気に入らないわけじゃないけど」

「いやいや、そんな感じでつけられてても俺もアレだから。外せって」

そんな感じで言われたら僕もアレだが。しかたなく袖をまくって、留め具に指をかける。すると文字盤のドクロと目が合った。陽気かつ邪悪なその笑みは誰かの笑顔とよく似ていた。

僕はちょっと考え、袖を戻す。

「やっぱり、もうしばらくつけとくよ」

倒理はつまらなそうに頭をかいたが、それ以上何も言わなかった。

穿地(うがち)警部補、事件です

1

くるくるぼーゼリーは駄菓子界を代表するロングセラー商品である。

生産元によってねじり棒ゼリー、ぐるぐるゼリーなど名称は多少異なるが、基本的な形は変わらない。らせんが刻まれたスティック状の容器に赤・青・黄といった極彩色のゼリーが詰まっており、先端の突起を切ってそこから吸い出すようにして食べる。後半まで食べ進めると吸引が困難になるため、指で押し出したり逆さにしたりと多少のテクニックを必要とする。味は極めてケミカルで、私はそこが好きだった。香料と人工甘味料がふんだんに使われた駄菓子の利点は、いつどこで食べても味が変わらないところだ。幼少時に通った商店の前でも。脳漿が飛び散った死体の前でも。

その男はマンションの駐車場に横たわり、虚ろな目を夜空へ向けていた。肩幅の広い屈強な体つきだが、アスファルトと重力加速度には勝てなかったようだ。上はワイシャツで下はスーツのズボン。右足にはつっかけサンダルを履いていて、左足のサンダルも少し離れた場所に転がっていた。

「武藤勢一。五十二歳、独身。元新聞記者で、いまは〈ベイサイド・ジャーナル〉ってニュースサイトの代表です。住所はここの七〇五号室」糠田は九階建てのマンションを見上げた。「七階からじゃ、死んじゃいますよねえ」

「遺書は」

「さあ？」

私は棒ゼリーから口を離し、マンションの中に入った。エレベーターに乗り込み七階を押す。糠田もあとについてくる。

「しかし、おれらが呼ばれるの早すぎませんか。所轄の捜査もまだだってのに」

「死んだ男は、押味警備局長の大学時代の友人だそうだ。ジャーナリストの不審死ならマスコミにも騒がれる。局長のご学友を世間のオモチャにさせるなと、砂貝参事官から釘を刺された」

「事件性なしに持ち込め、ってことですか」

私は無言で階数表示を見つめた。年の離れた中年の部下は、面白がるように無精ひげを触った。

「優等生は大変ですな」

七〇五号室は廊下の端にあり、規制線の前に夜更かしな住人たちが集まっていた。髪の長い女性が声をかけてくる。

「あの、何かあったんですか」

「それをこれから調べるんです」

私は黄色いテープをくぐり抜けた。

シューズカバーと手袋をつけ、部屋の中へ。三和土(たたき)にはこちら向きにそろえられた革靴が一足だけ置かれていた。高そうな傘と靴べら。下駄箱の上にはブラシと靴ずみ。玄関マットやスリッパはなし。そのかわり、前方の短い廊下には塵(ちり)ひとつ落ちていなかった。綺麗好きな男だったようだ。

廊下を抜けてドアを開けると、先に現着していた深川署の刑事たちが一斉に私を見た。

――誰だあの女。

――本店の警部補ですよ。ほら参事官の姪(めい)っ子。

――ああ、砂貝派閥の……。

ささやき声が飛び交い、またすぐ静まる。

女で、若造で、警察に深く根を張る砂貝一族の親類。そんな闖入者(ちんにゅうしゃ)に対する彼らのやり方は大抵無視と決まっている。幸いなことに私のほうでもやり方は決まっていた。誰からも文句が出ないなら、好きにやらせてもらうだけだ。

棒ゼリーの吸い口を噛みながら部屋を見回す。ドアのすぐ横にはキッチンがあり、カウンターに接する形でダイニングテーブルが置かれ、その奥にはテレビとソファーと、問題のベランダ。寝室は隣だろうか。そのままモデルルームに使えそうなよく片付いた部屋だったが、いくつか例外もあった。

まず、ダイニングテーブルの足元からドアの前にかけて、ガラスの破片が飛び散っている。グラスを落として割ったように見えた。さらに、ダイニングテーブルの下には口の開いたビジネスバッグが転がっていて、財布やキーホルダーつきの鍵が床に散乱していた。ソファーの背もたれにもジャケットとネクタイがだらしなくかかっている。

ガラスを踏まぬよう気をつけながら部屋の中へ進む。ベランダには見知った部下の姿があった。そいつは私たちに気づくと、子どもみたいに手を振ってきた。

「穿地さん！　糠田さん！　おつかれさまです」深夜だというのに小坪は疲れてなさそうだった。「いい部屋ですよね。僕もこういうとこに住みたいなあ」

「人が落ちたマンションにか」

「あれ、穿地さん地縛霊とか信じるタイプですか」

「ぜひいてほしいな。捜査が飛躍的にはかどる」

　ベランダに出ると夜風が肌を打った。左側は隣室との間を仕切り板がふさいでいたが、角部屋なので右側には仕切りがない。その右側の端に、手すりと接するような形で、庭用の小さな丸テーブルがひとつ。テーブルの足元にはツルの伸びたアイビーの鉢植え。あるものといったらそれくらいだ。室内と違い、ベランダの床は埃でかなり汚れていた。

「ここから落ちたのはたしかなのか」

「だと思います。煙草を吸っていた形跡があるので」

　小坪がテーブルを指さす。近づくと、隅に煙草の箱が二つと灰皿がまとめてあった。二つの箱は銘柄が違った。緑色のゴールデンバットと、青のハイライト。

「いい趣味ですな」糠田が言った。「どっちもラム酒着香でね、味が似てるんです。おれはゴールデンバットのほうが好きだけど」

「なんか、こんな名前のヒーローいませんでした？」

「そりゃ黄金バットな。時代的にゃ煙草のバットのほうがずっと古いよ。もうすぐリニューアルして、個装フィルムやらフィルターやらがついちまうそうだ。レトロなまがいいんだけどねえ」

　嘆く愛煙家をよそに私はゼリーを一口吸う。レトロ個装のゴールデンバットを手に取ると、中身は空だった。ハイライトのほうにはまだ十八本残っていた。灰皿には吸い殻が四本あり、これも糠田のレクチャーによれば両銘柄が二本ずつとのことだった。

手すりから首を突き出すと、真下の死体と目が合った。

「武藤勢一は二十時ごろ〈ベイサイド・ジャーナル〉の事務所を退勤。そのあといきつけのバーに寄ったみたいです」

小坪が手帳をめくる。こいつは呑気者だが、調べものに関しては小回りが利く。

「帰宅は二十二時半で、これはエントランスのカメラに映ってました。午前一時すぎ、住人のひとりが駐車場で倒れている武藤を発見して通報。部屋は電気がついていて、ベランダの窓も開けっぱなしでしたが、ドアの鍵はかかっていました」

「このマンションはオートロックか？」

「いえ、普通のドアです。鍵は、財布や手帳と一緒にダイニングテーブルの下に落ちてました」

「遺書は」

「部屋からは見つかってません」小坪は考え込むように口を尖らせ、「状況から考えると、酔っ払って帰ってきて、ベランダで一服中に足を滑らせて……って感じですけど」

「うん、それだな。酔ってたなら、鞄放り投げたりグラス割ったりしたのも納得だ」

糠田が調子よくうなずいた。「てことは、こりゃ事故死ですな。検死もなしってことで。じゃ、撤収しましょうか」

私は答えず、ベランダの床をにらみ続けていた。どうしてもはっきりさせておきたい問題があった。

腰を屈め、テーブルの下をペンライトで照らす。何もない。アイビーの鉢植えを持ち上げると、煙草の個装フィルムの切れ端が下敷きになっていた。だが、私の探しものは見つからなかった。

「どうします穿地さん？　このまま……」

「撤収はしない。不審な点がある」

私は腰を上げ、部屋の中へ視線を流した。

「まず、三和土の靴だ。きちんと外に向けてそろえてあった。ベランダから落ちるほど酔っ払っていた人間が、帰宅時に靴をそろえると思うか？」

「そりゃあ……人によりけりってとこでしょうな」

「もうひとつはライターだ。煙草と灰皿はあるのに、このベランダにはライターがない」

小坪があっと叫び、糠田は肩をすくめた。

「死体と一緒に落ちたんですよ。ポケットの中か、駐車場に転がってるか……」

「探す必要がある。もしなければ、誰かが持ち去ったということだ。自殺や事故死の線は薄くなる」

どういうわけか知らないが、上はこの件を大ごとにしたくないらしい。捜査を進めたら何かつつかれるだろうか。つつかれるかもしれない。だが、いますぐというわけじゃない。私は一課の優等生で、砂貝一族の親類で、そして、やり方を決めていた。

誰からも文句が出ないなら、それまでは好きにやらせてもらう。

「ライターのこと、調べます！」と言って走っていく小坪。「まいったなあ」と首の裏を撫でる糠田。言葉と裏腹にその顔はずいぶん嬉しそうだった。だからこいつは出世できないのだろう。

窓に背中をつけ、七階からの景色を眺める。豊洲のビル群と晴海埠頭の夜の明かり。死者が最後に見たものとしては、それは上出来の部類だった。

捜査はいつもどおり進んだ。

いつもどおりというのはつまり、難航しないが順調でもないという意味だ。

まず、武藤の死因は転落死で間違いなく、傷のひどさも七階の高さと矛盾しないことが検死でわかった。アルコールは少量しか検出されず、死亡時に泥酔状態ではなかったことも裏付けられた。

マンション内に聞き込みをかけたところ、「二十三時半ごろドサッという音を聞いた」と複数の住人が証言した。さすが東京というべきか、外をうかがうようなおせっかいな者はいなかったようだが、とにかくこの時間は死亡推定時刻とも一致する。武藤が帰宅したのは二十二時半なので、一時間の間に何かが起きたということになる。

マンション近くのコンビニには、事件当夜に武藤が立ち寄った映像が残っていた。いつも買っているゴールデンバットが売り切れで、「あと二本しかないのに」とぼやきながら、かわりにハイライトを買っていったのだという。灰皿の吸い殻からは四本とも武藤の唾液(だえき)が検出された。ライターについては、武藤はイニシャル入りのジッポを使っていたそうだが、駐車場からも遺体のポケットからもやはり見つからなかった。

これによって殺しの線が強まった。

最初はエントランスの防犯カメラで容疑者が絞れると思ったものの、ゴミ出し用の裏口を使えば誰でもカメラに映らず出入りできたことが判明し、空振りに終わった。七〇五号室からは武藤以外の指紋が複数検出されたが、ジャーナリストという立場上よく来客のある人物でもあったようで、こちらも突破力に欠けた。

まともな手がかりが出てきたのは、事件発生から三日後のことだった。

「つきました」

運転席の小坪が言う。私はスマホに集中したまま車を降りた。

「歩きスマホは危ないですよ。何読んでるんです？」

「〈ベイサイド・ジャーナル〉の武藤が書いた記事だ。『育休取るなら辞めろ　広告業界にはびこるパワハラの実態』」

「へえ。社会派じゃないですか」

「アクセス数稼ぎにも思えるが」

武藤勢一の経歴はしたたかだった。新聞記者時代は、警察が不祥事を起こすたび、学友に忖度したような擁護記事を書いてる。ウェブに場を移してからも権力寄りの姿勢が続くが、二年前、田園都市線の痴漢問題を採り上げた記事が大ヒットし、そこからやや路線を変更。現在はジェンダー問題やセクハラ撲滅に力を入れていたようだ。警察官が強制わいせつで捕まったらどんな記事を書くのやら、知れずに終わったのは残念である。

建物が近づき、私はスマホを閉じた。玄関には〈深川なごみの里〉と書いてある。

「ホテルみたいですね。僕も入るならこんなとこがいいなあ」

「おまえそればっかりだな。その老人、証言能力は大丈夫なのか」

「頭はしっかりしてるそうです」

　エレベーターホールは散歩から戻った入居者で混み合っていた。私たちは階段で四階に向かう。

「そういえば今回、あの二人は現れませんね」

「あの二人？」

「探偵さんですよ。片無(かたなし)さんと御殿場(ごてんば)さん」

「現れないほうが平和でいい」

「でも有能ですし。穿地さん、あの二人嫌いなんですか？」

「好きだと思ったことはないな。この先もたぶんないだろう。さて、どこの部屋だ？」

　目的の部屋は四一三号室だった。段差のないバリアフリーな造りで、車椅子に座った老人が入居していた。彼はツルツル頭を丁寧に下げ、「荻窪(おぎくぼ)です」と名乗った。

「捜査一課の穿地といいます。六月二日の夜、何か目撃されたそうですね」

「ええ。事件があったの、二丁目のマンションでしょ？　茶色い壁の」荻窪氏は外に目をやった。「星を見るのが好きでね、よくベランダに出るんです。あの日の夜も出てみたら、向こうのマンションに人影が見えたんですよ。なんか手すりから身を乗り出してるみたいでね。危ないなあと思ったんで、覚えてたんです。あの日は曇りがちで、あたしはすぐ部屋に入っちゃったから、その先は見てないけど」

私はベランダに出てみた。向かいのビル越しに、たしかに現場のマンションの上部が見えた。ギリギリだが七階も見える。

「どの部屋かはわかりますか」

「こっから見える一番下の、左端の部屋ですよ。七〇五でしたっけ。人が落ちたの、その部屋でしょう？　村本さんに聞いたんですわ。村本さんってここの職員さんで……」

「時間は覚えていますか」私は重ねて尋ねた。「星を見たのは何時でした？」

「十一時四十分」荻窪氏は淀みなく答えた。「毎週ね、木曜日はドラマが終わってから星見るの。だからその時間」

なるほど信頼できそうな証言だ。しかし四十分とは奇妙である。武藤が落ちたのは十一時三十分のはずだ、わずかだが時間がずれている。

「間違いなくその時間でした？」

「間違いないですよ。こう、身を乗り出すみたいにしてね。髪の長い女の人が……」

「女？」

「ええ、ありゃ女の人でした。あたしにはそう見えましたね」

私は小坪と顔を見合わせた。

見間違いだろうか？　いや、武藤の体格ならどうやっても女性とは間違えない。

被害者が落下した十分後、同じ七〇五号室のベランダから、女が身を乗り出していた。だが警察が到着したとき、部屋のドアには鍵がかかっていた……。

私たちには不向きな謎だ。たしかにこれは、あいつらに相談するべきかもしれない。

老人に礼を述べる。彼は頭を下げ返し、ついでのように尋ねてくる。

「穿地さんて、刑事さん？」

「ええ、まあ」

「そりゃすごい。がんばってほしいね。女性が活躍できる、いい社会になりましたねえ」

からからと笑う荻窪氏。私は「どうも」とだけ答えた。パンツスーツの腰を追い回す彼の視線に、部屋に入ったときから気づいていた。

2

東中野で中央線を降り、寂れた東口側から出る。青梅街道のほうへ南下し、神田川へ通じる狭い脇道に入っていくと、住宅街の中にボロい一軒家が現れた。軒先には相変わらず〈ノッキンオン・ロックドドア〉という馬鹿げた看板が掲げられている。まだ廃業はしていないようだ。

傍迷惑なことに、この家の玄関にはインターホンもドアチャイムもノッカーもついていないので、訪問者は素手でノックをしなければならない。私はいつもドアを壊すくらいの勢いで叩いてやることにしているのだが、今日は途中で手が止まった。

家の中から男二人の荒い息使いが聞こえたからだ。

……何かタイミングの悪いときに来ただろうか。庭のほうに回って居間を覗くと、

「いけオラァ！　どうだ！」

「その手は読めて……あーっ！」

「よし！　やった！　十三勝目」

「ちょっと待ったいまのおかしいだろ！　振ってたよ僕」

「負け惜しみはやめたまえ眼鏡くん」

「感度が悪いんだよセンサーの感度が。ラケット取り換えよう」

タートルネックの巻き毛とワイシャツ姿の眼鏡が卓球で対決中だった。実際にやっているわけじゃない。テレビに緑色のゲーム機が接続され、二分割された画面に画素の粗い卓球台が映っている。汗だくの二人が私に気づき、ひょいと手を上げる。

「よお穿地」

「何か用？」

帰りたい、と家に上がる前から思った。


手土産のくるくるぼーゼリーはあまり喜ばれなかったので、自分で一本もらうことにした。三色ある中から青いサイダー味を選び、私はソファーに腰かけた。

「エキサイトピンポンて、二十年くらい前のやつだろ」

「発売は二〇〇一年」と、片無。「いやーでもやってみたら意外と面白くて」

「俺の勝ち越し中だけどな」と、御殿場。

「穿地さんなんか言ってやってくださいよ」バイトの薬子（くすりこ）ちゃんがあきれ顔で麦茶を運んでくる。「朝からずーっとやっててもう馬鹿みたい」

「薬子ちゃんが中古屋で買ってきたんだろ！」

「休憩したらもう一回やろう。次は絶対勝てる気がする」

麦茶を一息で飲みほす二人。夏休みの小学生を眺めているようだ。

「おまえらがうらやましいよ。いつまでも童心のままで」

「駄菓子マニアに言われたくねえんだが」

「僕らもいつもは仕事が詰まってるんだけど、今日はほら珍しく暇だったから」

「一週間依頼がないんです」

薬子ちゃんがばらし、雇い主たちは口をパクパクさせる。袖をまくった片無の左腕に、ショッキングピンクの珍妙な物体が巻かれていることに私は気づく。

「片無……その時計は何かのジョークか？」

「これ？　あー、これはちょっと、記念に」

「なんの記念だ？　一週間依頼がない記念か？」

「氷雨は地味すぎるから時計はこのくらいでちょうどいいだろ。かっこいいぞ相棒」

「ありがとう。個性が強まったおかげで毎日人から二度見されるよ」

頭が痛くなってきた。こんな奴らが探偵なんて世も末である。だが、風変わりな事件においてこいつらがときどき役に立つというのも、不本意ながら事実だった。

私は鞄からファイルを出し、テーブルの上に広げた。

「地上二十一メートルの密室だ」

不可能専門の御殿場が「ほほう」と食いつき、不可解専門の片無は「ふうん」とだけ返した。

サイダー味のゼリーを食べながら概要を語る。事故死とは思えないこと。謎の女が目撃されたこと。部屋に鍵がかかっていたこと。すべて話し終えると、二人は考え込む素振りもなく、

「「八〇五号室の住人が犯人」」

同時に言った。探偵たち自身も驚いたらしく、互いに顔を見合わせた。

「意見が合うなんて珍しいな。おまえもトリックがわかったのか」

「いやトリックは知らないけど、おじいさんの証言に齟齬(そご)があるなと思って」

「齟齬？」

あの証言にどこか問題があっただろうか。「どういうことだ」と片無に尋ねる。

「おじいさんも穿地たちもちょっと勘違いしてるんだよ。君が老人ホームのベランダに出てみたら、たしかに七〇五号室が見えたって言ったろ」

「ああ。建物越しにギリギリ見えた」

「でも荻窪っておじいさんは車椅子だ。僕らとは目線の高さが違う」

こぶしの中で棒ゼリーがつぶれた。

うかつだった。座って確認するべきだったのだ。たしかに目線が低くなれば、七階はビルに隠れてしまう。車椅子に座った状態で七階を見ることはできない。とすると、あの老人が見た階は七階ではない。女が身を乗り出していたのは――

「八階か」私はうめくように言った。「現場の真上。八〇五号室だ」

「二十三時四十分にベランダから身を乗り出したなら、駐車場の死体に気づいたはずだ。なのに通報もしないし証人として名乗り出もしないなんて、おかしいじゃないか。だからその人が犯人かなーと」

「なるほどな、目線の高さは気づかなかった」

他人事のようにコメントする御殿場。そういえばトリックがどうのと言っていたが。

「おまえはなぜ八〇五が怪しいと？」

「真上の部屋の奴にしか密室が作れねえからだよ。古典的なトリックだけどな」

御殿場は散らかった床に手を伸ばし、マジックペンを拾い上げた。

「窓が開けっぱなしだったってのがミソだ。まず七〇五号室から男を突き落とす。そのあと自分の部屋に戻って、八〇五号室のベランダから糸を二本垂らす。また下の部屋に戻って垂らした糸をつかみ、テーブルの脚に通してから結んで輪っかを作る。ドアに鍵をかけてもう一度八〇五へ。糸に鍵を通して下へ落とせば、鍵は滑り落ちて、開いた窓を通って七〇五号室の中に入る。あとは糸の片側を引っ張って回収して終了」

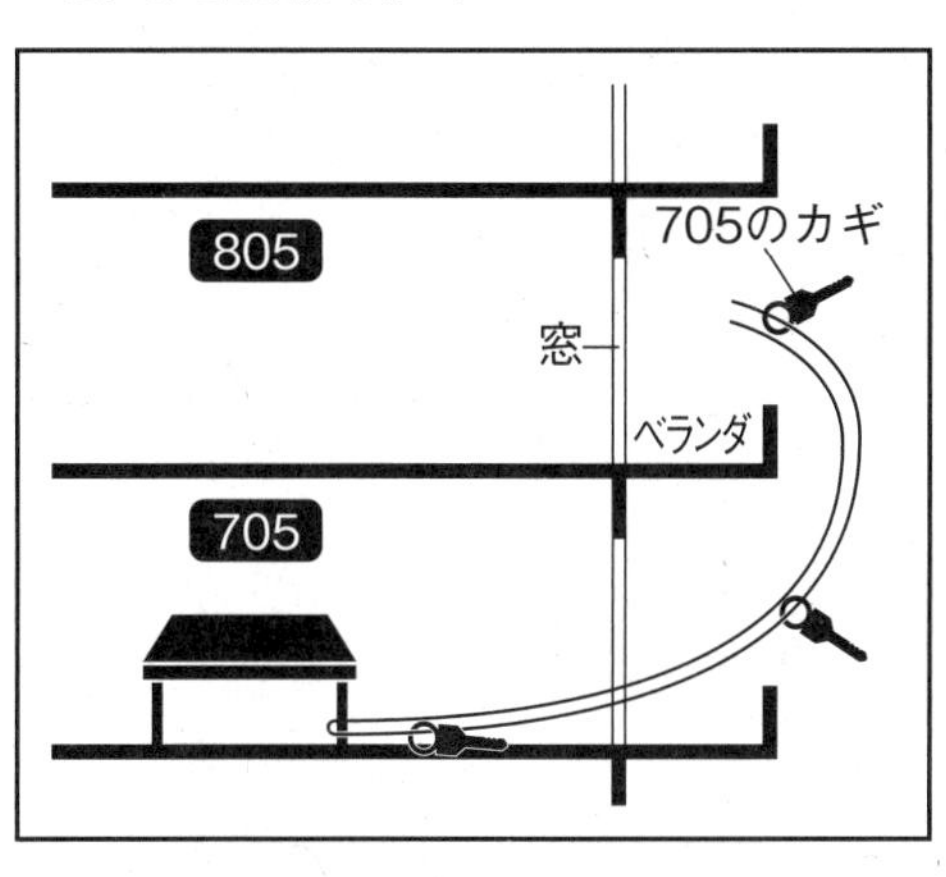

テーブルの上に図が描かれる。「薬子ちゃん、雑巾を持ってきてくれ」と片無が慣れた調子で言った。

「八〇五から身を乗り出してた女ってのはそのトリックを実行中だったわけだ。バッグの中身が散乱してたのも、床の上の鍵のカモフラージュだな。まあ厳密に言や、九階とか屋上からでもできるトリックだが……」

「九〇五号室は空き部屋だ」私はマンションの資料をめくった。「屋上にも鍵がかかっている」

「じゃあやっぱ八〇五の奴が犯人だ。よし、スピード解決。簡単な事件だったぜ」

「エキサイトピンポンの箸休め（はしやすめ）としては楽しめたよ」

高らかに笑い合う探偵たち。私は賞賛を投げようか少し迷った末、やめた。こいつらをつけ上がらせるとろくなことがない。かわりに短く礼を言って、立ち上がる。

「さっそく八〇五号室の住人を洗ってみることにする」

「せわしねえな。卓球やってかないか？」

「あいにく私の職場は、ここ百四十年ほど依頼人が途切れてないんだ」

「大人気だね。幸運を祈るよ」片無は二杯目の麦茶を飲みほして、「よし倒理、やろう。いまのスコアは？」

「俺は十三勝。おまえは十一勝。もうすぐ俺の十四勝になる」

……二十四戦もやってたのか、こいつら。

薬子ちゃんの笑顔に見送られて、事務所をあとにする。駅へ戻ろうとしたとき携帯が鳴った。いま、一番目にしたくない番号からだった。

『やあ、決（きまり）ちゃん』

柔らかいのに、どこか乾いた声が聞こえた。

警視庁刑事部参事官、砂貝真事(まこと)警視正。

『報告聞いたよ。武藤勢一の件、殺しの線で動いてるって？』

「すでに被疑者が固まっています」

『素晴らしいね。姪っ子の活躍が自分のことのように嬉しいよ』書類をめくる音。

『仕事は楽しいかい』

「楽しい仕事ではありませんから」

『それは残念だね。もしかすると君は、この仕事に向いてないのかもしれない。でも決ちゃんはとっても優秀だから、叔父(おじ)さん君を手放したくないなあ』

「移動中なので失礼します」

返事を待たずに電話を切る。食べかけの棒ゼリーが急にぬるくなった気がした。

いまのは脅しだろうか？　いいや、叔父と姪の他愛ない会話だ。そういうことにしておいた。まだ好きにやる時間は残されているし、それまでに逃げきればこちらの勝ちだ。

歩きながらファイルをめくり、八〇五号室の住人を確認する。

湖山小百合(こやまさゆり)。三十二歳、美容品メーカー勤務。入居は半年前。

武藤と同じくひとり暮らしで、事件当夜のアリバイはなかった。

3

「これ、よろしければ。試供品です」

コーヒーと一緒に、私の前に小瓶が差し出された。琥珀色の水飴のような液体が詰まっている。

「ブラジリアンワックスってやつですか」と、糠田。「おたくの商品？」

「ええ。ムダ毛処理には効果抜群です。剝がすときちょっと痛いけど」

「おれは遠慮しときます。ムダ毛を気にする歳でもないし」

「そう言わず、ご家族の方にでも渡してあげてください」

湖山小百合はほがらかに笑った。八〇五号室のアジアンテイストな家具は、彼女の雰囲気によく合っていた。センター分けのロングヘアには見覚えがある。現着のとき「何かあったんですか」と聞いてきた女性だ。

糠田と会話する間も、彼女の視線は私を捉え続けていた。強力な仲間意識のような何かが一方的に放たれている。そんな居づらい感覚があった。

「優秀なんですね、穿地さん。その若さで警部だなんて」

「まだ警部補です」コーヒーを一口飲む。私の舌には苦すぎた。「湖山さんこそ、営業部長だそうですね。たいしたものです」

「私のは小さな会社ですから」

「いまの勤め先にはいつから？」

「五年くらい前かしら。前に勤めていた事務所を辞めて……」

「〈ベイサイド・ジャーナル〉ですね。武藤勢一が代表の」

彼女の顔から笑みが消えた。

「失礼ながら、経歴を調べさせてもらいました。真下の部屋に武藤さんが住んでいることはご存じでしたか」

「事故のニュースを見て、初めて知りました。住民の方とはほとんど顔を合わせないので……」

「七〇五号室からあなたの指紋が見つかりました」遮るように糠田が言う。「ダイニングテーブルの周りにべったりと。最近、部屋に上がり込んだようですな」

「……すみません、黙っていて。事件の一週間くらい前だったかしら。エレベーターホールでばったり会ったんです。懐かしいからということで、武藤さんの部屋にちょっとだけ上がりました。お話しするべきだったんですけど、疑われたらって思うと怖くて」

「違う」今度は私が遮った。「七〇五号室に行ったのは事件当夜です。あなたが彼を突き落とした」

私は目撃証言とトリックについて語った。ベランダから身を乗り出していた彼女が死体に気づかなかったはずはなく、素知らぬ顔で「何かあったんですか」などと聞いてくるわけがないこともつけ加えた。

話す間、湖山は私から目をそらして、窓のほうを向いていた。アルミ製の物干し竿が一本だけかかった味気ないベランダの向こうに、六月らしい灰色の雲が立ち込めていた。

「だって」やがて彼女は口を開いた。「だって、あいつは殺されるべきだった」

私は糠田にうなずきかける。部下が部屋を出ていっても、彼女は気づく様子さえなかった。

「穿地さん。警察って男社会でしょう。いやになったりすること、ありませんか」

「どうでしょう。私自身、がさつな性格なので」

「殺したいと思った男はいない？」

「…………」

「事務所で働いていたころ、武藤からセクハラを受けていました」彼女は囁くような声で話した。「触られたり、関係を迫られたり。ある日お酒を飲まされて、無理やりホテルに……。翌日警察に駆け込んだんですけど、捜査はすぐに打ち切られました。私から誘ったんじゃないかなんて、ひどいことまで言われて……。誰も彼も、自分に都合のいいストーリーしか信じないんだわ」

私は目を閉じた。渦巻く怒りの片隅で、納得している自分がいた。

局長のご学友。

事件性なしに持ち込め。マスコミに騒がせるな。

これか――。これを掘り起こされないためか。

「泣き寝入りする形で、私は仕事をやめました。もう忘れようと思っていたんですけど、あの夜武藤と鉢合わせたんです。私は彼の部屋に上がり込みました」

「怖くはなかったんですか」

「もちろん警戒はしていました。でも怒りのほうが大きかったし、せっかく手にした追及の機会を逃したくなかったんです。私は強い口調で彼を責めました。鞄を叩きつけたり、グラスを割ったりしたのもそのときです。なのに、あいつは私にしたことなんて覚えてなかった。『そんなことあったか？』って言われたんです。少し落ち着こうと言われて、私たちはベランダに出ました。彼は煙草を吸い始めました。平気な顔で煙をふかす横顔を見ているうちに、頭が真っ白になって、気がついたら」

彼女は首を振った。

「本当に殺すつもりはありませんでした。彼は体重もあったし……。でも、あっけなく落ちてしまった。そのあとどうやって密室を作ったかは、あなたのおっしゃるとおりです」

「ライターを持ち去ったのはなぜです」

「指紋がついてしまったので」

「指紋？」

「私も煙草を一本もらって、彼のジッポで火をつけたんです。あの、青いパッケージの。ハイライトだったかしら」

「吸い殻からは武藤の唾液しか検出されませんでしたが」

「自分の携帯灰皿を使いました」

その場に灰皿があったのに？　それはつまり痕跡を残したくなかったからで、殺意の証明にも思えた。

彼女は犯行を思い出すように、自身の手のひらを見つめる。

「武藤に襲われたあと、ずっと男性不信だったんです。五年ぶりに男に触ったわ」自虐的な口調だった。「穿地さんはどう思いますか。私、間違ったことをしたのかしら」

「それを決めるのは検事や裁判官です」

「あなたの意見が聞きたいの。女性であるあなたの」

「世の中には二種類の人間がいます。良識のある人間と、ない人間。武藤勢一には良識がなかった。彼を突き落とした夜のあなたにも。それだけの話だと思います」

「……たしかにあなたは、繊細な性格じゃないみたいね」

視線から逃げるように私は目を伏せた。彼女は武藤と警察幹部との関係を知らない。過去の事件の捜査打ち切りが、おそらくそのつながりのせいであることも。上がもみ消しに動いていて、私がその指示を受けていることも。さっき吐いた言葉がひどく空虚に思えた。良識のあるなしについて、私たちに語れる資格があるだろうか？

糠田が仲間を連れて戻ってくる。湖山小百合は抵抗せず、きびきびと部屋を出ていった。私はマンションの廊下に出て彼女の背中を見送った。

「どうします？」糠田が顎を撫でる。「怒られますよ。参事官に」

「いままで稼いだ点数がある、なんとかなるだろう」投げ出すように私は答えた。

「私は優等生だからな」

口の中にはいつもの駄菓子の味ではなく、コーヒーの苦みが残っていた。

主の消えた七〇五号室では、差し込む夕陽だけが遊んでいた。私はリビングに踏み入ると、高そうなソファーに身を沈めた。床には埃が積もり始めていた。

取り調べはいつもどおり進まなかった。

というのはつまり、いつもより順調に進んだという意味だ。湖山小百合は罪を認め、彼女の部屋からはジッポのライターが見つかった。表面は綺麗に拭かれていたが、武藤のイニシャルが入っており、これらが逮捕の決め手となった。圧力がかかる暇もなく、レースは私たちの勝ち逃げで終わりそうだった。

捜査本部では「やれやれ」「おつかれ」の声が飛び交ったが、私の中には達成感よりも徒労感が強かった。この事件には余計な要素が多すぎて、私も余計なことを考えすぎた。少しひとりになりたくて、結局ここに足が向いてしまった。

ファイルを開き、彼女の供述に目を通す。供述は私に話した物語そのままで、ただ私に問いかける部分だけが除かれていた。

殺したいと思った男はいない？

実をいえば何人かいる。そのうちひとりは大学のゼミ仲間だ。ずっと一緒のはずだったが、卒業間際にある事件を起こし、私の前から姿を消した。もう五年近く会ってないが、再会したらどうしてやろうか。少なくとも殴る自信なら確実にあった。

私、間違ったことをしたのかしら。

そう。心の奥では、私は彼女が間違ったとは思っていない。彼女は被害者だ。セクハラと準強姦（ごうかん）と隠蔽（いんぺい）の。それが私の胃袋を締めつけていた。底に残った棒ゼリーを無理やり吸い出そうとするようなもどかしさがあった。

　雲の多い空が紫色に変わっていく。私は供述を読み続ける。

　ファイルをめくる手が止まった。

　私はソファーから身を乗り出し、ページを戻り、いくつかのことを確認した。ある疑念が頭に浮かぶ。靴下のままベランダに出て、右端にあるテーブルへ近づく。

　ふと、排水管が目に留まった。

　ベランダの角に、縦に通っている排水管。どのマンションにもあるその細い管の、ちょうどテーブルの高さと同じ位置に、何かが巻きついていた。私は手を伸ばし、それに触れた。

　ちぎれたアイビーのツルだった。

4

取り調べ室の中は空調が効きすぎていた。湖山小百合は疲弊した様子もなく、まるで何年も前からそこにいるかのように、じっと椅子に座っていた。

「急にすみません。どうしても確認したいことができてしまって」

「何かしら。もう、全部お話ししたと思いますけど」

「本当に些細なことなんです」私は向かい側に座った。「武藤さんと一緒にベランダに出たとおっしゃいましたよね。でも、サンダルは武藤さんが履いていた。彼の部屋にはスリッパもなかった。あなたはどうやってベランダに出たのかと思いまして」

「靴下のまま出ました」

「しかし、ベランダの床は埃まみれでした。靴下が汚れてしまうと思うのですが」

「あまり気にしませんでした。怒りで頭が真っ白で……」

「いえ。そうではなく、殺害後のことをお聞きしたいんです。殺害後、あなたは屋内に戻って部屋を出た。汚れた靴下であの部屋を通り抜けたら、痕跡が残ってしまうはずです。でも部屋の床は綺麗でした。あなたはどうやって部屋を通り抜けたんです?」

「ああ、そのこと」彼女は記憶を手繰るようにうつむいた。「一度靴下を脱いで、裸足で部屋を通り抜けました。靴を履くときに靴下も履き直したの」

「たしかですか？」

「ええ」

「ありがとうございます。いまので確信が持てました――あなたは彼を殺していない」

　彼女は顔を上げた。

　私は冷えた空気を吸い、机の上で指を組んだ。

「武藤勢一は自殺ですね」

「誰も彼も、自分に都合のいいストーリーしか信じない――あなたの言うとおりでした。私も、自分で勝手にストーリーを作り上げていた。それに騙されるところでした」

　男と女。復讐譚と殺人事件。

　そうでは、なかったのだ。

「順を追って話しましょう。七〇五号室のベランダの排水管に、これが巻きついていました。灰皿などが置かれていたテーブルとほぼ同じ高さにです」

小さな証拠品が入ったビニール袋を差し出す。

「武藤が育てていたアイビーのツルです。これは、鉢植えがもともとテーブルの上に置かれていたことを示しています。しかし私たちが見たとき、鉢植えはテーブルの足元にあった。テーブルから床へと下ろされていたわけです」

そしてそのとき、排水管に巻きついていたツルの一部がちぎれた。

問題は、いつ下ろされたかだ。

「鉢植えの下には煙草の個装フィルムが挟まっていました。ベランダにはゴールデンバットとハイライト、二種類の箱がありましたね。どちらのものでしょう？　これを絞るのは簡単です。部下が話していたのですが、現在流通しているゴールデンバットには個装フィルムがついていないそうです。だとすれば、あの個装フィルムはハイライトのものだ。ヘビースモーカーもたまには役に立ちますよ」

「断定はできないんじゃないかしら」湖山が言った。「ずっと前にほかの箱を開けて、そのとき落ちたものが残ってたのかも。彼はよくベランダで一服してたようですし」

「それはありえません。武藤は普段、ゴールデンバットしか吸わなかったそうですから。あの日の夜だけゴールデンバットが売り切れで、『あと二本しかないのに』とぼやきながら、ハイライトを買っていったそうです。つまり、ベランダに個装フィルムが落ちる機会はあの夜以外ないんです」

「……………」

「話をまとめると、鉢植えがテーブルから下ろされたのは、事件の夜、武藤がハイライトの箱を開けたあとということになります」

「思い出しました」彼女は上ずった声を出した。「煙草を吸う前、武藤が鉢植えを下ろしたの。灰皿を載せるのに邪魔だったから……」

「灰皿を載せるのに？　そうでしょうか。鉢植えがあっても灰皿を置くくらいのスペースはあったでしょうし、現に灰皿はテーブルの隅にありました。それに、吸いかけの箱があるのに、いきなり新品のハイライトの封を切るというのは考えにくい。とすれば、鉢植えを下ろしたのは吸う前ではありません。むしろ一服を終えたあとで下ろしたと考えたほうが自然だと思います」

湖山の喉（のど）がわずかに震えた。私は話を続ける。

「しかし、テーブルの上に何かを載せたかったからという意見には同意します。それ以外で鉢植えを下ろす理由はありませんからね。では、何を載せたのか？」

私たちが到着したとき、ベランダのテーブルには灰皿と煙草しかなかった。湖山小百合が持ち去ったものも小さなライターだけ。テーブルに何かが載っていたとしたら、それはどこに消えたのか。

ほかに何かあるだろうか？　事件当夜にベランダから消えていて、かつ、テーブルに載せるとき鉢植えを下ろす必要があるほど、大きなもの。

ひとつだけある。

それは――

「武藤勢一本人です。彼は、煙草を吸い終えてから鉢植えを床に下ろした。そして、テーブルを踏み台にして手すりを飛び越えた。あなたに押されたのではない。自分で死んだんです」

湖山は何も言わなかった。空調の音がうなり声のように聞こえた。

「あの夜、あなたは下の階に住む武藤の存在に気づいた。部屋に上がり、過去の罪を責め、鞄を投げたりグラスを割ったりした。そこまでは事実だと思います。違うのはそこから先です。おそらく武藤は、あなたに懺悔したのではないですか」

世の中には二種類の人間がいる。良識のある人間と、ない人間。

そして人間は、刻一刻と変わっていく。

〈ベイサイド・ジャーナル〉はここ数年、セクハラやジェンダー問題に力を入れていた。取材を進める中で武藤の性格が変わっていくことはありえない話ではなかった。

「動揺したあなたは、いまさら謝っても遅い、死んで償えというようなことを言って、部屋を立ち去った。その数十分後に外からドサ、という音が。ベランダの下を見ると本当に武藤が死んでいた。彼は煙草を吸いながら、過去の罪と対峙したのでしょう。そして思い悩んだ末、死ぬことを選んだ」

もちろん贖罪のためだけに死んだとは思えない。動機の一部には、告発されれば人生が終わるという打算的な絶望もあっただろう。だが、武藤勢一に良心の呵責が残されていたことは事実のはずだ。

「何を馬鹿なことを言ってるの？」彼女のロングヘアが左右に揺れた。「彼が自殺だとしたら、じゃあライターはどうなるの？　私が持っていたのよ」

「急な自殺とはいえ、衝動的に飛び降りたとは思えません。煙草を四本も吸っているわけですしね。彼は遺書を残したはずです。紙や封筒をテーブルの上に置き、風で飛ばぬようライターで重しをした。八〇五号室から身を乗り出せばテーブルの様子も見えたでしょう。私はあなたが遺書の存在に気づき、ライターごとそれを回収したのだと思っています」

「回収って、どうやって……」

「たとえば、あなたのベランダにあった物干し竿です。軽量で、四メートルくらい伸びるタイプですよね。スポンジなどに切れ込みを入れて竿の先に固定し、あのブラジリアンワックスを塗れば、簡易的なトリモチが作れます。下に向けて目いっぱい伸ばせば、テーブルの上の遺書にくっつけるのは簡単だったと思います。少なくとも密室トリックを実行するよりは」

頭の中で二人の探偵が肩をすくめた。あいつらは有能だが、万能じゃない。今回は間違っていたわけだ。

「そのとき、遺書と一緒にライターもくっついてきたわけです。あなたがライターを拭いたのは指紋がついたからじゃない。粘つくワックスがついたからです。いま、武藤のジッポを科警研に回しています。私の考えが正しければ、表面からブラジリアンワックスの微粒子が見つかるはずです」

「なんで私が？　なんでわざわざ、遺書を隠したり犯人の振りをしたりしなきゃいけないの」

「ご自分でおっしゃっていたじゃないですか。彼は殺されるべきだった。あなたは彼が自殺したことが許せなかった。五年間恨み続けた自分の敵が、そんな行動を取ったことを認めたくなかった。認めるくらいなら、自分が犯人になったほうがいい。だから遺書とライターを回収し、誰かに突き落とされたように見せかけたんです。不審死のほうがメディアが食いつくという狙いもあったかもしれません。唯一、密室だけがネックでしたが、私がトリックを教えてしまった。あなたはそれに飛びつき、自分が犯人だと名乗り出たんです」

レイプ被害を受けた彼女には情状酌量の余地がある。殺すつもりはなかったと言い張れば不起訴か執行猶予で済む可能性が高い。彼女は刑務所に入らず、過去の悪事は世間に知られ、そして、武藤には最悪の男のレッテルが張られる。

「復讐としては、賢いやり方だと思います」

私はファイルを閉じ、じっと反応を待った。彼女は肩を強張らせていたが、やがて空気が抜けるようにうなだれた。

「賢いやり方じゃなかったわ。失敗したもの」ツルの入ったビニール袋に目を落とす。「ぜんぶ、この切れ端から推理したわけ？」

まさか、そんな芸当はできない。私は名探偵じゃない。

「あなたの供述には矛盾がたくさんありました。まず、ハイライトを一本もらったという部分。ハイライトは一箱二十本入りです。灰皿には武藤の吸った吸い殻が二本あり、箱には十八本残っていた。あなたが一本吸ったとすると計算が合いません。ライターを持ち去った理由も妙でした。指紋を残さないためと言いましたが、本当にそうならダイニングテーブルを拭き取らなかったのはおかしい。そして、靴下」

「さっきの質問？　なぜあれが確信になったの」

「自分の痕跡を残したくない殺人者が、裸足であの部屋を通り抜けるはずないからです」

「足跡がつくよりはいいと思うけど……」

「あなたは肝心なことを忘れている。ドアの前には割れたグラスが散乱していました」

湖山は天井を仰いだ。やはり彼女は、嘘をつくには迂闊（うかつ）すぎる。

「殺人の逮捕状は差し止めておきました。あなたに適用されるのは証拠隠滅罪です。いずれ深川署から連絡があるとおもいますが、今日のところはお帰りいただいてかまいません。部下が外まで案内しますので……」

「私は間違ってないわ！」彼女は声を荒らげた。「間違ってない。あの男は殺されるべきだった」

「そうかもしれない。しかし、あなたは殺さなかった」

「私が殺したんです！　これは私とあいつらの戦いなの。穿地さん、どうしてわかってくれないの？　あなたは女と男、どっちの味方なの」

「ものすごく馬鹿げた言い方が許されるなら」私は彼女の目を見つめた。「私は正義の味方でありたい」

ドアがノックされ、部下たちが部屋に入ってきた。

5

梅ジャムは駄菓子界を代表するロングセラー商品である。

生産元は梅の花本舗。梅肉に砂糖・でんぷん・小麦粉などを練りこんで煮詰めたペースト状の駄菓子で、ジャムのようでいて餡のような食感と、絶妙な酸味が癖になる。通常は煎餅に塗って食べるが、直接食べても充分うまい。手で持つうち、体温によってジャムの硬さが変わってくるのも直食いの楽しさのひとつである。

『まあ最悪の事態は避けられたよ』

参事官の声は今日も乾いていた。

『ネットではまだ騒がれているようだがおおむね下火と言っていいだろう。やはり自殺というのが効いているね。決ちゃんのおかげだよ、ありがとう』

私は梅ジャムを吸いながら「どうも」とだけ答えた。無敵の駄菓子も、彼との会話中だけは味が落ちる。

『この調子でバリバリ仕事に励んでくれたまえ。姪っ子の幸せが僕の幸せだからね』

「善処します。……参事官、ひとつお聞きしても？」

『何かな』

「仕事は楽しいですか」

『楽しいと思ったことはないね。この先もないだろう。でも、この仕事は僕に向いている』

それじゃまた、と一方的に電話は切られた。

私は眼鏡を外し、目頭を揉む。デスクワークに戻ろうとしたとき、また携帯が鳴った。今度は御殿場からだった。

『ニュースを見たんだが……俺たちゃやっぱり、安楽椅子には向いてないみたいだな』

「エキサイトピンポンに夢中になってるからだ。まあ気にするな、私が解決しておいた」

『そりゃどうも。え？　なんだよ氷雨。これか？　いやもっと渋いほうがいいだろ』

「何してるんだ？」

『車屋にいるんだ。中古車買おうと思って。探偵なら足くらい持ってないとな』

「この国では免許がなければ車に乗れないんだぞ」

『持ってるよ。二人とも八年間ペーパーだが』

「薬子ちゃんは絶対乗せるなよ。あの子にはまだ未来があるんだ」

椅子に背中を預ける。そんなつもりはなかったのに、自然とため息が漏れた。

『なんだかおつかれの様子だな』

「まあ、少し……。なあ。私が警察をやめると言ったら、おまえらどうする？」

『中古車購入は延期だな。バイトがひとり増えるなら節約しねえと』

「……参考になったよ」

私は電話を切った。転職先があいつらの事務所に決まっているなんて最悪だ。もうしばらくこの仕事を続けなきゃいけないらしい。

パタパタとせわしない足音が聞こえた。パーテーションの向こうから小坪が顔を出す。

「穿地さん、事件です」

私は引き出しを開け、溜め込んである駄菓子の中から新たな梅ジャムをつかみ取った。それをポケットに突っ込み、立ち上がる。

「わかった。行こう」

ジャケットを羽織り、現場へと歩きだす。

消える少女追う少女

1

「だめだ……だめだ倒理、やっぱり僕には」

　悲痛な声を上げ、氷雨が頭を抱え込む。俺はその肩にそっと手を乗せる。

「おまえならできるって。大丈夫だ。自信持て。俺もついてる」

「だめだよ、できない。こんなの絶対無理だ」

「落ち着けよ相棒。ほらこっち見ろ。俺たち二人が組めば無敵だ。そうだろ。いままで二人で解決できない問題があったか？　ん？」

「いくつかあった」

「……まあ、いくつかはな。けど今日のは違う。さくっと終わらせようぜ、タイムリミットが迫ってる」

「でも、でももし」

「もしだめでも、死ぬときは一緒だ」

　悪魔っぽいとよく言われる顔に精一杯の優しさをにじませ、俺は笑う。氷雨は洟をすすり、「わかった」とうなずいた。決意をした男の目だった。

前に向き直り、二人同時に深呼吸をする。

氷雨がエンジンをかけ、俺は助手席から首を突き出した。

車が亀のようなのろさで前進を始めた。

「よしそのまま。ＯＫＯＫ。おっと！　いや大丈夫だ。慎重に慎重に」

そろそろ足がほしいということで、中古車購入に踏み切ったのは二週間前のことである。買った車は日産の〈パオ〉。八〇年代後半のパイクカーで、ルーフレールつきの空色のボディ、まん丸なヘッドライト、ハッチバック式の後部座席にハンドルぐるぐる式の窓と、中も外もノスタルジーあふれるデザインだ。

その洒脱さと値段（事故車らしく破格の安さだった）に惹かれて買ったものの、俺たちはひとつ誤算をしていた。パオはコンパクトな車だが、事務所の前の道はそれ以上に狭く、曲がり角も多く、路駐の車や電柱や庭からはみ出たプランターがところどころで待ち受けている。そして俺たちは、二人ともペーパードライバーである。

「大丈夫か倒理、こすれてないか」

「いまのとこはな。あっ左気をつけろ！　サイドミラーサイドミラー」

結果として、外出のたびこういうことになるのだった。

「やっぱりかわってくれないかな」

「先週は俺が運転したろ。今週はおまえの番だ。早くしないと始まっちまうぞ」

「『貞子vs伽椰子』なんて観たくないし」

「割引券が当たったんだから観に行かなきゃ損だろ」

「映画よりいまのほうが怖いと思う」

「全米も激震だな。よし、難所は抜けたぞ。あとは普通に——危ない！」

車のスピードが上がったとたん、角から人が飛び出してきた。

夕方の住宅街にブレーキ音が響いた。

「だ、だ、大丈夫ですか」

氷雨が大慌てで降車し、俺も続く。間一髪、車は数センチ手前で止まっていた。相手は先ほどの氷雨のように両手で頭を押さえていたが、怪我はないらしく、すぐに顔を上げた。

女子高生だった。

もったりした黒いロングヘアに分厚い眼鏡。眉の太い、ちょっと暗そうな顔立ちだ。半袖のブラウスの上に校章入りのベストを着ている。ベストのボタンは外していたが、だらしないのはそこだけで、スカートは膝丈だしハイソックスはピンと伸びていた。この季節にタートルネックを愛用してる俺の言えた立場じゃないが、暑苦しそうだった。

「平気です。すみません、飛び出して」少女はあべこべに謝ってから、「あの、このあたりに探偵事務所ってありますか。ロッキンなんとか、って変な名前の」

意外なことを聞いてきた。俺と氷雨は顔を見合わせる。

「ノッキンオン・ロックドドア？」

「あ、そうです。そういう名前です」

変な名前とは心外だが、文句は言わないことにしよう。俺はパオに寄りかかって、氷雨に話しかける。

「映画はあきらめたほうがよさそうだな」

「だね。お嬢さん、探偵事務所ノッキンオン・ロックドドアへようこそ。僕は片無氷雨。こっちの巻き毛は御殿場倒理。どんな事件かお話をうかがいますよ」

氷雨はかっこよく言ってから、いま来たばかりの道を振り返り、引きつった顔で俺を見た。

「倒理……Uターンってどうやるんだ？」

「あの制服、ミゲル女学院ですね」

アイスティーを作りながら、薬子ちゃんがリビングを見やった。

「池袋にあるお嬢様校ですよ。けっこう有名です」

「お嬢様ねえ。たしかに遊び人って感じはせんが」

「女の子がひとりでこんな不人気な探偵事務所に来るなんて、きっとよっぽどです。倒理さんあんまりデリケートなこと聞いちゃだめですよ」

「デリケートなことを聞くのが探偵の仕事だ。あと、うちの人気には触れるな。それはデリケートなことだ」

「これ先に持ってってください」

茶菓子の盆を押しつけられる。俺はクッキーをかじりながらリビングに戻り、氷雨の隣に座った。

探偵と向き合うのは初めてだからか、それともUターンに手こずる大人を目の当たりにして不安になったのか、少女は肩を縮めていた。

「お名前は？」

氷雨が切り出す。

「高橋優花、です。ミゲル女学院の二年生です」

「高橋さん。どんなご用件でしょう」

「友達が、いなくなってしまって……探してほしいんです」

人探し。依頼としちゃよくある部類だ。俺の中のボルテージが少し下がった。口に出すと、また氷雨に不真面目だのなんだの言われそうだが。

「お友達のお名前は？」

「潮路岬っていう子です」

「写真などお持ちでしょうか」

優花はスマホをいじり、俺たちのほうに差し出した。

画面の中には、小鳥みたいな印象の少女がいた。ショートヘアの前髪をピンで留め、ＣＤ店らしき棚の前でさりげなくピースしている。ＡＩに世界中の自撮りをディープラーニングさせて平均を抽出したらこうなるだろうという感じの、型にはまった笑顔だった。スタイルは中肉中背。ダンサーみたいな濃いめのメイク。夏用のブラウスに赤いネクタイを締めている。

「あんたとは制服が違うな」

「岬は、鷺沢女子高の二年二組の生徒です。私とは中学のとき塾が同じで、高校に入ってからも仲よくしてました」

俺は写真の中の岬と目の前の優花とを見比べる。化粧っけのあるいまどき風女子と、教室の隅で文庫本を読んでそうなお嬢様。あまり接点があったようには見えない。

　そんな疑問を察したのか、優花は顔を赤らめて、

「二人とも〈瓶詰少年〉っていうアイドルが好きで。それで……」

「ビンショーですか？　いいですよね～」飲み物を運んできた薬子ちゃんが唐突に割り込んだ。「私ワッチが一番好きです」

「あ。わ、わかります。私もワッチ推しで」

「たまに呪術師ってキャラ設定忘れちゃうとこがまたかわいいですよね。まだまだマイナーですけど武道館のポテンシャルは秘めてると思います」

　勝手に盛り上がる女子二人。堅物の氷雨が話を戻す。

「いなくなったというと、具体的には？」

「連絡が取れないんです。ＬＩＮＥも既読がつかなくて、電話もメールもぜんぜんだめで」

「単にあんたが着拒されてんじゃねえの」

「ち、違います」優花はむきになったように言い返した。「学校も休んでるみたいだし、寮にも――あ、岬は鷺沢の寮に入ってるんですけど、いないみたいで。小田原の岬の実家にも電話してみたんですけど、帰ってないって」

「潮路さんと連絡が取れなくなったのはいつからですか」

「七月四日……月曜日の夕方です」

今日は水曜日だ。丸二日、か。

「以前にも連絡が取れなくなったことは？」

「ないです。初めてです」

「いなくなった理由に心当たりはありますか。何かトラブルを抱えていたとか」

「ぜんぜんありません。トラブルもなかったはずです」

「警察に行ったほうがいいんじゃねえか」

つい言ってしまうと、優花はうつむいた。

「すぐ帰ってくるかもしれないし。あまり大ごとにしたくないので……」

「ご安心を。調査は秘密裏に進めますよ」氷雨はビジネストークを転がしてから、俺の足を踏みつけ、「せっかくの依頼人になんてこと言うんだ」

「だってあんま興味ねえし。俺は不可能事件専門なんだよ」

「また君はそうやって……」

「あ、あの」唐突に、優花の声が大きくなった。「これ、私の勘違いかもしれないんですけど」

小突き合いをやめ、依頼人に注目する。優花は何かの覚悟を決めるように、アイスティーを一口飲んだ。

「月曜日、学校の帰りに岬を見たんです。駒込駅の近くのトンネルで。地下通路っていうのかな。こう、線路の下を通ってて、道路から坂を下って出入りする感じの……わかりますか」

たどたどしい説明だったが、うなずいて先を促す。

「私がそのトンネルのそばを歩いてたら、『優花』って声をかけられたんです。声がしたほうを見ると、線路の向こう側の道で岬が手を振ってました。西側の、住宅街のほうの道です。それで岬は『いまそっち行くから』みたいなジェスチャーをして、トンネルに入る坂を下っていったんです。私はこっち側の坂の上で岬が来るのを待ってました。でも、五分くらい経ってても出てこないんです。変だなって思ってトンネルに入ってみたら……誰もいなくて」

だんだんと声のボリュームが落ちていって、話は途切れた。

俺は巻き毛をくしゃくしゃとかき混ぜ、腰を据え直した。

「何時ごろのことか覚えてるか」

「午後七時ちょうどです。待ってる間に時計を見たので、間違いないです」

「そのときの潮路岬はどんな感じだった？　服装とか様子とか」

「遠かったので、ちゃんとはわかりませんけど……いつもと同じに見えました。鷺女の夏服で、リュック背負ってて……あ、あとスポーツバッグみたいなの肩にかけてました。スイミングクラブに通ってるって言ってたので、その帰りだったんだと思います」

「トンネルの中に異状はあったか」

「何も」

「ひょっとして」と氷雨も身を乗り出し、「潮路さんと連絡が途絶えたのは」

「それ以降です」

探偵たちが黙り込むと、依頼人は窓の外へ視線を流した。空は暗くなり始めていた。

「私、怖いんです。もしかして、岬――本当に消えちゃったんじゃないかって」

2

「どう思う？」

翌日、木曜日。白い校舎を見張りながら氷雨が聞いてきた。指先があせるようにハンドルを叩いている。

「どうって？」

「女の子がトンネルから消えたって話」

「人は消えねえよ」俺は頭の後ろで両手を組んだ。「一本道に入った人間が出口から出てこなかったなら、引き返して入口から出たに決まってる。線路下のトンネルなら、五分の間に何本か電車が通っただろ。通過中は電車が邪魔して、反対側の道は見えなくなる。その隙に出ていったか、もしくはトンネルの中で待ってて、依頼人が入ってくるのと入れ違いに出たか」

「でも、そんなことした理由は？　それにそれ以降、連絡が途絶えたのはなぜ？」

「〝ＷＨＹ（なぜ）〟はおまえの担当。お、出てきたぞ」

〈鷺沢女子高等学校〉と刻まれた門から、追い立てられた羊みたいに大量の女子高生が吐き出された。俺たちは車を降り、その群れに切り込んでいく。不審者扱いを覚悟していたのだが、意外にも積極的に囲まれた。「誰かの彼氏？」とか「ちょっとかっこよくない？」というような声が漏れ聞こえた。

「俺たちって、けっこうもてるのかな」

「面白がられてるだけじゃないか。校庭に迷い込んだ犬と同じで」

なるほど、それは言える。

鷺女は学年ごとにネクタイの色が違い、二年が赤色というのは調査済みである。赤ネクタイに的を絞って声をかけていくと、すぐ潮路岬の友人たちに辿り着いた。

「潮路さんなら火曜から休んでますよ」

「知ってる」と、俺。「月曜は学校に来てたか？」

「来てたよね」

「うん。帰りにマック誘ったんだけど、スイミングクラブ行くからって」

「どこのクラブだ？」

場所を聞き出す。駅のすぐ向こうで、ここからも近かった。

「潮路さん、最近何か話してなかったかな」と、氷雨。「トラブルとか、悩みとか」

「うーん。何かあったっけ？」

「スマホのカメラが壊れたって言ってなかった？」

「コンタクト、ワンデーに替えたら痛いって言ってた」

「あと推しのアイドルがテレビに出ないって」

「どれも大問題だな」俺はあきれ声で言ってから、「彼氏とかはいたのか？」

「いなかったと思いますけど……なんでそんなこと聞くんです？」

「実は俺たち芸能スカウトで、岬をアイドルにしたいと思ってるんだ」

「え、潮路さんを？」

「潮路さんそんなにかわいかったっけ」

「メイクはうまかったよ。フォトショの使い方も」

「あ、わかるー」

さすが十代女子、無限に話が脱線していく。氷雨はめげずに質問を続ける。

「普段の潮路さんはどんな感じの人でした？」

「どんなって……普通だよねえ」

「あんま印象ないかも」

「うちらクラス内でつるんでるだけなので、そんなには知らないです」

「ほかに友達とかは」

「うーん、普通に話す子はいっぱいいたと思うけど。親友みたいなのは特に……」

「こらこら、何してんの」

教員だろうか、ジャージ姿の中年の女が寄ってきた。生徒たちを帰らせてから、じろりとこちらをにらむ。迷子犬に優しくするタイプじゃなさそうだ。

「なんですか、あなたたち」

「潮路岬さんにお会いしたいんですが」

「潮路？　ああ、うちのクラスの。彼女なら風邪で休んでます。会いたいなら寮に行って手続きしてください」

「風邪で……あの、その連絡はどこから」

「寮からに決まってるでしょ。ほら行って行って」

「待った。あんた担任だな。あんたから見て潮路はどういう生徒だった？」

「べつに、どうってこともないわよ」

「問題はなかったか？　いじめとか」

「ないわ。普通の子よ。ほら行って行って」

手振りつきで追い払われた。

車に戻った俺たちは、戸棚の奥から湿気たポテチを見つけたときのような、なんとも言えない顔をしていた。

「普通の子、だってさ」

「けっこうじゃねえか」

「でも、普通の子は失踪したりしない」

「案外ほんとに風邪なだけじゃねえの。寮に行ったら見つかったりして」

「だったらいいんだけど」

氷雨は言葉を切り、パオのエンジンをかけた。俺たちの頭の中にはたぶん同じ可能性が浮かんでいたが、二人とも口には出さなかった。

女子高生の軍勢は、もうまばらになっていた。


「潮路さんは風邪で休んでます」

鷺沢女子の学生寮はしっかりしたマンション風で、男二人がふらりと入れる造りじゃなかった。管理人の女は煎餅(せんべい)をかじりながら、さっきの教師と同じような目つきで同じようなことを言った。

「会わせていただきたいんですが」

「あなたたち、潮路さんのお知り合い？」

「親族です。急用で」

「じいさんの遺書が見つかって見立て殺人が始まりそうなんだ」

「身分証は？」

「あー、忘れた。氷雨は？」

「僕も。会わせていただければ、本人が確認してくれるはずなんですが」

「そういうわけにはちょっと」

「休んでるのは火曜からだよな。その連絡は本人から？」

「同室の生徒さんが、火曜の朝に私に」

「ルームメイトがいるんですか。その子に会わせていただきたいんですが」

「身分証は？」

「また来るよ」

窓口から離れた。女子高生の行方を追うってのは、想像以上に面倒だ。

ラウンジのソファーには何人か入居者が座っていて、ここでも好奇の視線を感じた。

気まぐれに手を振ってやる。氷雨にはたかれ、玄関へ向かう。

自動ドアから出たとき、「あの」と声をかけられた。

「潮路先輩にご用ですか」

立っていたのは、小柄だがきりっとした印象の少女だった。「君は？」と氷雨が尋ねる。

「本庄真琴(ほんじょうまこと)っていいます。潮路先輩と同室です。……実は先輩、部屋にいなくて」

俺は思わず、女子寮のベランダを見上げた。

「月曜の朝、『しばらく帰らないつもりだからうまく言っといて』って言われたんです。冗談かと思ったんですけど、ほんとに帰ってこなかったから……」

「風邪だと嘘を？」

「はい。うちの寮そういうとこ適当なので、割と簡単に騙せるんです。私もずる休みするとき先輩に嘘ついてもらったことあるし、いいかなって思ったんですけど」

三日も帰らないので不安になってきた、ということだろう。

「岬はほかに何か言ってたか。どこに行くとか、何をしに行くとか」

「特には何も……。前にアイドルの全国ツアーに行きたがってたので、もしかしてそれかも」

〈瓶詰少年〉略してビンショーの線も一応調査済みである。今週は都内でしかイベントの予定はない。

「その後潮路さんから連絡は？」

「ないです。ＬＩＮＥにも既読つかなくて」

「あなた以外、彼女がいないことに気づいている人はいますか」

「私だけです。やっぱり誰かに言ったほうが……」

「いえ、まだそのままでけっこう。何か動きがあったら教えてください」

氷雨が名刺を手渡す。目を通した真琴は、〈探偵〉の二文字よりも事務所名をいぶかしんだ。

「ノッキンオン……変な名前ですね」

「よく言われます」

「余計なお世話だ」

真琴は寮の中に戻っていった。俺たちも車に引き返し、二人して考え込む。氷雨はまたコツコツとハンドルを叩いた。

「二つわかった。その一、潮路岬は本当に失踪してる。その二、失踪は月曜朝の時点から計画されていた」

「その二はいい知らせだな。どっちかって言うと」

何事もなく暮らしてた普通の少女が突然消えて、電話も出ないしＬＩＮＥの既読もつかない。そういう場合、どうしてもある可能性が強くなる。

何か理不尽なことに巻き込まれて、もうこの世にいないって可能性が。

だが本人の意思で計画的に姿を消したなら、まだ生存の余地があるはずだ。少なくとも、どこかで死んだり、トンネル内で消失したって可能性よりは。

パオはのろのろと駐車場を出る。けたたましい蟬（せみ）の声。氷雨の頰（ほお）から汗が垂れ、俺は袖をもう一段まくる。

「この車に難点があるとすりゃ、エアコンの効きが弱いってとこだな」

「あとカーナビがないところと自動ブレーキがないところとドライブレコーダーがないところ」心配性の運転手はハンドルを切った。「涼しい場所に行こう」


「潮路さんなら毎週月曜に来てますよ。今週も来ました」

八島(やしま)と名乗ったインストラクターが喋(しゃべ)ると、青い壁に声が反響した。生徒が行ったり来たりするたび、プールからは水しぶきが上がっていた。

「どこか変わった様子はありませんでしたか」

「さあ、特には……いつもと同じに見えましたけど。月曜は四時から三時間ほど練習して、七時前に終わりました。遠藤さーん、フォーム意識！」

八島はプールに指示を飛ばす。生徒の中には小学生や高校生もいたが、一番多いのは主婦っぽい女たちで、全体的にゆるい雰囲気である。競技志向というよりはフィットネスよりのクラブのようだ。

「岬さんはどんな生徒さんでした？　何かトラブルとかは」

「いやあ、ないない。普通の子ですよ。うちには一年くらい通ってますけど、問題を起こしたことはありません。ねえ遠藤さん。潮路さん、普通だよね」

「潮路さん？　そうね」

プールから出た遠藤さんは小太りな顔を手で拭(ぬぐ)った。まるで風呂上がりだ。

「歳が離れてるから、私たちとはあんまり話さなかったけど」

「クラブ内に仲のいい方などは」

「うーん、月曜日は潮路さんくらいしか若い子いないから。でも普通の子だから、学校にはお友達いたんじゃないかしら」

「月曜日の岬はどんな様子だった？」

「そうねえ……あ。帰るとき、ちょっと慌ててるふうだったかも」

お、と俺は声を出す。ようやく「普通」以外の情報にありつけた。

「私たち、更衣室で世間話してたんだけどね。潮路さん着替えるだけですぐ出ていっちゃったの。いつもは鏡の前で、髪乾かしたりお化粧直したり時間かけてるのに」

「鏡も見ずに出てったってことか」

「そうそう、ドライヤーも使わないで。何か用事があったのかしら」

「出ていったのは何時ごろです？」

「七時ちょっと前よ」

ここから〝消失〟現場のトンネルまでは歩いてほんの二、三分だ。高橋優花が潮路岬を目撃したのは七時ちょうどで、スポーツバッグを持っていたという。時間も証言も合う。

「たしかに慌ててたのかもしれないな」と、八島。「そういえば忘れ物していったんですよ」

インストラクターは事務室にひっこみ、すぐに戻ってきた。手に紺色の何かを持っている。

「これです。潮路さんに会ったら渡しておいてください」

最初についた「岬の親族」という嘘を疑っていないらしく、人のよいマッチョは忘れ物を渡してきた。

怪しいメモか、どこぞの鍵か――と思いきや、ただの水泳ゴーグルだった。

スイミングクラブから出たあと、歩いて問題のトンネルまで行ってみた。

山手線の線路を挟んで、二つの道路が平行に走っている。住宅街に近いこっち側の道は、潮路岬が入っていった側。コンビニや牛丼屋が見える向こう側の道は、高橋優花が待っていた側。四本の上下線に待機用の側線なんかも加わり、向こう側までは五十メートルくらい距離があった。大通りから離れているので、どちらの道にも人通り

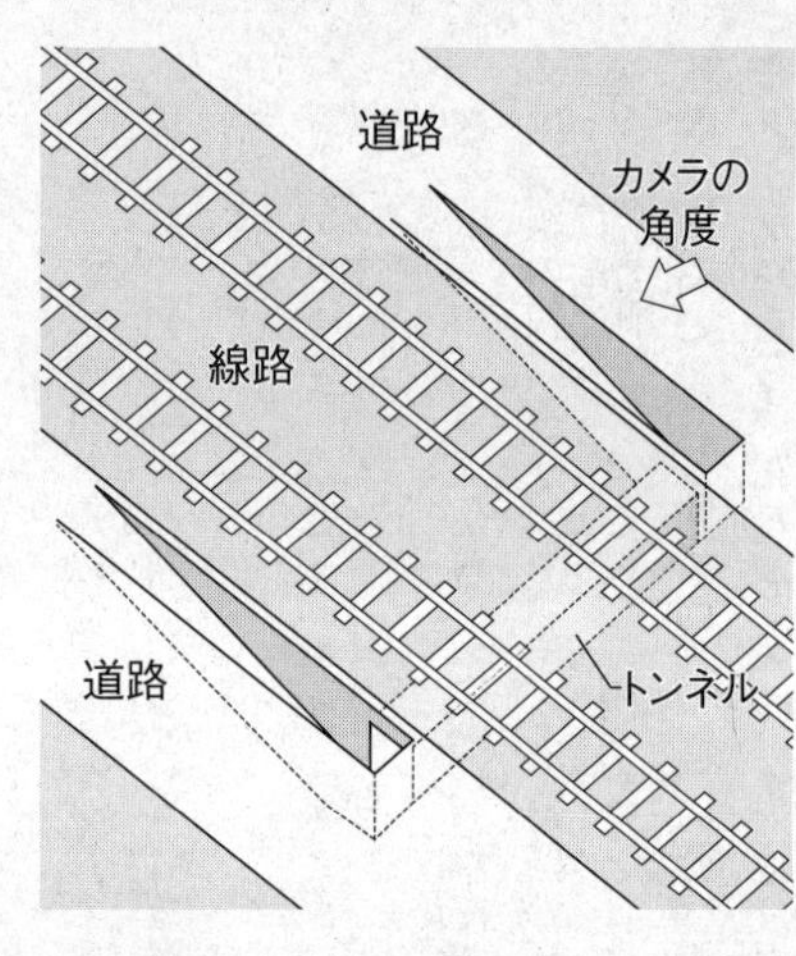

は少ない。

その歩道の一部がゆるい坂道になっていて、三、四メートル地下に下りたところで直角に折れ、トンネルにつながっている。簡単にいえばコの字形のつくりだ。横の二本が坂道部分、縦の一本がトンネル部分。

氷雨をこっち側に待たせ、坂道を下り、トンネルに入ってみる。高さも幅も三メートル弱、事務所の前の道より狭い。数メートル間隔で蛍光灯がついていて、壁にはこういうとこにありがちな落書きがぽつぽつと描かれている。ほかには何もない。分かれ道も、隠れる場所もない。

俺はまっすぐなトンネルを歩いていく。頭上を電車が通ったらしく、軽く振動を感じた。一分とかからずに出口に着いた。入口と同じく、一本だけゆるい坂道が延びている。それを上って地上に出る。

世界一面白くない現場検証だった。

「何かわかったー？」

向こう側から氷雨が声を投げてくる。俺は大げさに首を振ってやった。すると氷雨もキョロキョロ首を動かし、すぐそばの和菓子屋に入っていった。急に小腹がすいたのか？　俺は通り抜けたばかりのトンネルを引き返す。

和菓子屋では、氷雨と店主らしきばあさんが何か話していた。ばあさんがレジの奥に入っていき、氷雨は俺に親指を立てた。

「月曜七時ごろの防犯カメラの映像を見せてもらえるって。店先にあるカメラだから、たぶんトンネルの入口も映ってるよ。潮路岬の動きが確認できると思う」

「キスでもしたのか」

「誰に」

「ばあさんに」

「なんで」

「あっさり許可が出たから」

「最中(もなか)をダンボール一箱買うって言った」

「……しばらく食うもんには困らないな」

うきうき顔のばあさんが、ノートパソコン片手に戻ってくる。意外にも慣れた手つきでマウスを動かし、すぐに映像が再生された。

七月四日、午後六時五十分。氷雨の予想どおり、フレームの隅にはトンネルに入る坂道が映っていた。線路から先はフレームの外だ。カラー映像だが、音声はない。ビデオの中は薄暗く、街灯のぼんやりした明かりだけが道を照らしている。

しばらく退屈な光景が続いたあと、坂道に少女が現れた。

写真で見たのと同じ少女、潮路岬だ。表情はさすがにわからないが、ショートヘアに赤いネクタイ、リュックとスポーツバッグがはっきり確認できる。

優花に「そっち行くから」とジェスチャーした直後なのだろう。岬は坂道を下り、トンネルに入っていく。時間は六時五十八分。俺たちは目を皿のようにして画面に喰いつく。

二分。三分——時間が過ぎていく。電車が通過したらしく、数珠つなぎの影が三回ほどアスファルトの上に流れる。

五分経ったころ、トンネルから人が出てきた。岬じゃない。禿げ頭のサラリーマンだった。さらに自転車を押すおばさんがひとり、トンネルに入っていく。七分。八分——タイムカウンターが時を刻む。

七時十分をすぎても、潮路岬はトンネルのこちら側から出てこなかった。

念のため七時半まで早送りしてみたが、それらしき人物は現れなかった。

「………………」

ガサガサという音で我に返る。店主のばあさんが大量の最中をダンボールに詰めているところだった。俺と氷雨は青い顔を突き合わせたが、支払いの心配を始めたからじゃなかった。

入っていったのは間違いない。だが、向こう側からは出てきていない。こちら側からも出てきていない。

潮路岬はトンネルの中で消えていた。

3

「そう、ですか……」

金曜日。高橋優花がまた訪ねてきて、中間報告を聞きたがった。といっても進展はほとんどない。氷雨の話を聞くにつれ、期待に満ちた依頼人の顔は沈んでいった。

「潮路さんは月曜の朝、ルームメイトに『しばらく帰らないから』と言っています。この時点で失踪を計画していたのだと思います。学校とスイミングクラブにはいつもどおり顔を出し、その帰りに例のトンネルで足取りが途絶えています」

「あんたの側からは本当に岬が出てこなかったのか。見逃したってことはないか？」

「な、ないです。絶対ないです」

「だがスマホを見たりしてただろ」

「それでも岬が出てくれば気づきます。だって私、彼女を待ってたんですから」

「……だよな」

無駄に動揺させたくないので、昨日確認した〝消失〟のことは伏せといた。人は消えない。消えたように見えたとしたら、それはトリックだ。この件は俺の宿題だ。

「教えていただいた潮路さんの実家にも行ってみました」

氷雨が報告を続ける。昨日の夜出かけて、一泊してさっき帰ってきたところだ。

実家をしばらく観察したが、岬がいる様子はなし。両親に探りを入れると、ちょっと興味深いことがわかった。岬と両親は二、三日おきにメッセージを交わす習慣だったが、昨日もLINEでやりとりしたというのだ。〈元気？〉〈うん〉程度の短い会話だが、おかげで両親は、娘が都内で消えたことにすら気づいていなかった。

ともかくこれは新事実だ。ほかの奴は全員着拒中でも、家族にはきちんと返信している。返信があるということは、

「岬、どこかで生きてるってことですね？」

「たぶんな」

依頼人はほっと息を吐いた。誰かが岬の携帯を勝手に使ってるって可能性もあるのだが、これも伏せといたほうがいいだろう。

「失踪のこと、教えたんですか？　岬の家族に」

「いいえ。大ごとにしたくないとのご依頼でしたから。でも今日で四日目です。警察に届けるべきかもしれません」

優花はうつむき、ストローの飲み口を指でつぶした。

「みんな、なんて言ってましたか。普段の岬のこと」

「声をそろえて普通だと」

「あんまり印象に残る奴じゃなかったみたいだな」

「…………」

優花は下唇を嚙んだ。その答えに戸惑うように。そして小さな声で、「誰もわかってない」とつぶやく。

「高橋さんから見た潮路さんは、どんな方でした？」

「岬は……岬は、繊細な子でした。普段は明るくふるまってるけど、本当は人と接するのが苦手で、ちょっとのことでも悩んだり、傷ついたりするような。普通に見えたのは、たぶん無理をしていたからだと思います」

「いなくなったのは、そういうのに嫌気が差したからかもしれませんね」薬子ちゃんがやってきて、優花の隣に座った。「私もときどきそんな気分になりますよ。悩みとか全部忘れて逃げ出したい的な」

「薬子ちゃんにも悩みなんてあるの」

「バイト代が少ないことです」

「俺たちには解決不可能だな」

「でもたしかに、ふらっといなくなっただけなのかも」氷雨は思案顔で、昨日買われた最中をかじる。「ＬＩＮＥに反応があったってことは、家族には心配をかけないようにしてるってことだし……。それならじきに帰ってくるはずなんだけど」

「そうそう、すぐ帰ってきますよ。だから優花さんも元気出して。あ、そうだＬＩＮＥ教えて。ビンショーについて語らいましょう。これ私のＱＲコード」

「は、はあ」

薬子ちゃんなりに同世代の依頼人を気遣っているらしい。二人は肩をくっつけ「ごめんなさい、読み取れないみたいで」「じゃあＩＤを」とやりとりする。その間にメールチェックをしたらしく、氷雨が立ち上がる。

「本庄さん、ＯＫだって」

「よし。行くか」

「寮に行くんですか？」と、優花。

「ええ。こっそり入れてもらうつもりです。潮路さんの部屋を調べておきたいので」

「あんたも来るか？」

「いえ。私、習い事があるので……これで失礼します」

丁重にお断りされた。けっこう多忙なようだ。そういえばお嬢様校の生徒だったっけ。

ソファーから腰を上げかけた優花は、ふと動きを止め、俺を見つめてくる。正確には、タートルネックに包まれた俺の首元を。優花はちょっと眉をひそめ、自分の首を指さす。

「あの……御殿場さんて、それ暑くないんですか」

「暑いよ」

「じゃあ、なんで」

「こいつは物好きなんです」

なぜか氷雨が答えた。俺は最中をくわえたまま、制服姿の依頼人を見つめ返す。リビングは冷房が効いているが、優花は今日もベストのボタンを外している。

「あんた、隠れ巨乳?」

声に出した直後、優花は腕で胸を隠し、薬子ちゃんと氷雨の拳が飛んできた。デリケートな話題だったようだ。


通用口の向こうで鍵を回す音がし、本庄真琴が顔を出した。

俺たちは素早く中に踏み込んだ。廊下にはひとけがない。夕食どきらしく、食堂のほうからかしましい声が聞こえる。抜き足差し足、階段を上る。

「なんか、探偵みたいだね」

氷雨が言った。おまえはいままでなんのつもりだったんだ。

岬と真琴の部屋は三階だった。ベッドや机やクローゼットが二つずつ、左右対称に配置され、右側の壁には〈瓶詰少年〉のポスターが貼ってある。こっちが岬のスペースだったらしい。

「先輩怒るだろうな」と、真琴。「勝手に部屋見せたら」

「その先輩を見つけるための行為です」

「タンスの一番下、たぶん下着なので。そこだけ見ないであげてください」

「うちのバイトは女子高生だが、いつも俺たちのパンツを洗濯してるぞ」

「本当に？　恥ずかしくないの？」

「パンツくらいどうってことない」

「そうじゃなくて、バイトに洗濯させてるのが。もしかして駄目な大人？」

「まともな大人が女子寮に潜入すると思うか？」

「早く終わらせよう」

うんざりしたように氷雨が言い、駄目な大人二人は捜査に取りかかった。

クローゼットを開けてすぐ、空のハンガーが多いことに気づいた。パソコンや充電器も机の上にない。真琴に確認してもらったところ、下着類も明らかに数が少なくなっていた。

部屋には風呂と洗面所がついていて、洗面台の棚も左側が真琴、右側が岬と分かれていた。岬の側を開ける。歯ブラシやワンデーコンタクトの箱が残されていたが、上段に空きが多い。化粧品や、薬の類が見当たらない。

「服と日用品がなくなってる」氷雨は真琴のほうを向いて、「月曜の朝、潮路さんは荷造りをしてましたか？」

「どうだったかなあ。朝の用意なんてお互い気にしないから……あ、でも部屋出るとき、いつもより先輩の荷物が多いって思ったかも。スポーツバッグと、大きなトートみたいなの持ってました」

「トートバッグ持ってたって証言は出てないよな」

駄菓子屋のカメラの映像にも映っていなかった。

「学校に行く前コインロッカーとかにしまったのかも」氷雨はあごを撫で、「それより問題は、歯ブラシが残されてること」

「歯ブラシは必要なかったってことか。潜伏先に歯ブラシがあるから？」

「たぶんアメニティがある場所にいるんだ」

「ホテルか」

「なんか、探偵みたいですね」

真琴が言う。俺たちは気の利いた皮肉を返そうと思ったが、何も思いつかず、仏頂面で捜査を続けた。ホテルのチラシや連絡先など、手がかりを探してみたが無駄骨だった。

「沿線のホテルにローラーかけるしかねえな」

「だね。まあ、歯ブラシは単に忘れていっただけかもしれないけど」

「あ。忘れたっていえば」真琴が人差し指を立てた。「潮路先輩って基本コンタクトで、予備で眼鏡も持ち歩いてたんですけど。月曜日に帰ってきたら、机の上にその眼鏡が置きっぱなしで。でも夜にシャワーから出てきたら、なくなってたんです」

「……シャワーの間に岬さんが忘れ物を取りにきた、ということですか」

「わかんないけど。でも、部屋の鍵は私と先輩しか持ってないから、たぶん」

「それ、何時ごろの話だ」

「ごはん食べたあとだから……ちょうどいまくらいの時間でした」

　壁かけ時計は七時十分を指していた。

「あの。明日も戻ってこなかったら、私みんなに言おうと思うんですけど」

「そうしてください」

　そろそろ廊下に人が増えてくるという。おいとましたほうがよさそうだ。

　部屋から出たとき、「最後にひとつ」と言って、氷雨が真琴を振り返った。

「あなたから見て、潮路さんはどんな人でした？」

「べつに、普通の人ですよ」

「悩んでいる様子やトラブルは」

「さあ。ルームメイトって言っても学年違うし。そんなによくは話さないので」真琴は苦笑し、「ほんと言うと、帰ってこないのちょっと嬉しいんです。ひとりで部屋が使えるから」

そう言い残してドアを閉めた。

想像していたほど楽しい女子寮訪問じゃなかった。

「シャワーの間に出入りしたのが潮路岬だとすると」

車に戻ってから、氷雨は地図アプリを開いた。

「彼女は一度寮に戻ったってことになる。スイミングクラブを出たのが七時ちょっと前。クラブから寮までは歩いて十分。間には例のトンネルがあるから、地理的にも時間的にも辻褄(つじつま)は合う」

「岬がトンネルの中で消えたってのを除けばな」

「そこがネックか……。何か思いついた?」

「考え中。おまえの意見は?」

「僕は不可解専門。不可能専門は君だ」

そう言うだろうなと思っていた。俺ははぐらかすように、パオの車内をあちこちいじる。ダッシュボードを開くと、昨日インストラクターから受け取った岬のゴーグルが出てきた。なんとなく目につけてみる。きつめの度入りらしく、世界がぐるぐると回った。

それは謎が解けるときの、いつもの感覚に似ていた。

だが似ているだけで、そのものじゃない。何かつかんでいるような気がするのだが、その何かがわからない。潮路岬はどうやって消えたのか。そして、どこへ行ったのか。明日中に解決しないと、この件はたぶん俺たちの手を離れる。岬の安否も気がかりだ。時間はあまり残されてない。

「なあ。親に宿題を手伝ってもらったことあるか」

「うちの親は、そういうタイプじゃなかったから」

ああそうだった。質問を変える。

「宿題を手伝ってもらうのはルール違反だと思うか」

「夏休み最終日だったらしかたないんじゃないかな」

「俺もそう思う」ゴーグルを外し、まぶたを揉んだ。「明日のローラー作戦、おまえに任せる」

「君は？」

「野暮用」

明日が土曜で助かった。

きっとキャンパスには、学生が少ないだろうから。

4

ほらな、やっぱり。

閑散とした中央広場を抜け、芝生の斜面に設けられた階段を上っていく。図書館の横にあった八号棟にはシートがかかっていて、建て替え工事中らしかった。四年ぶりなので変わっている場所も多い。だがその奥にある文学部研究棟は、俺の記憶の中と同じ、過疎地の中学校みたいな寂れた雰囲気のままだった。

目当ての部屋も相変わらずだった。〈社会学研究室D〉と書かれたプレートの〈社会〉の部分が×で消され、上に〈共同生活〉と手書きの文字。じいさんはそれが専門のくせに、「社会」という言葉のとっつきにくさを嫌っていた。曖昧なことのすべてを、とにかく嫌っていた。

ノックして、返事を待たずにドアを開く。

七月の強い日差しが、資料だらけの部屋を照らしていた。ソファーの向こうからひとりの男が身を起こし、ゆっくりと眼鏡を押し上げた。

舞台役者めいた、姿勢のいいじじいだ。じじいといっても六十かそこらだが、真っ白な髪のせいで実際よりだいぶ老けて見える。切りそろえた口ひげも真っ白。カエルの留め具のついた南米チックなループタイが胸の前で揺れている。目元は優しげなのに、その奥の瞳はまるでガラス玉だった。俺も氷雨も、この人に見つめられるのが苦手だった。

春望大学文学部社会学科教授、天川考四郎。

俺たちを、胡散臭いこの業界にひっぱり込んだ男。

「久しぶり」

驚いた様子もなく教授が言った。俺は「どーも」とだけ返す。

「あんま変わってないすね」

「まあね」教授はあくびを漏らして、「君たちは順調にやっているようだね」

「評判を聞きます？」

「いいやまったく。車種は？」

「え？」

「君が乗ってきた車。自家用車だろう？」

普通の奴なら動揺するところだが、俺はこれに慣れていた。とりあえず窓に目を向ける。見えるのは図書館と工事現場だけ。駐車場は影も形もない。

「なんでわかった」

「御殿場くん。私が人のことを言い当てるのは驚かせたいからでなく」

「無駄な会話を省くため。知ってるよ。でも、俺はいま探偵をやってるんで。後学のために聞かせてもらえませんかね」

「ポケットだよ」教授は俺のズボンを指さした。「君はいま財布と携帯を持っていない。バッグもポーチも身に着けておらず、左右のポケットも膨らんでいない。尻ポケットにものを入れる習慣もなかったはず。では財布類をどこに置いてきたかといえば、車の中以外ありえないじゃないか。バスや電車やタクシーに置いてくることはできないのだから。このことから、君が車に乗ってきたことがわかる。レンタカーという可能性もあるが、都内の大学に来るのにわざわざ車を借りる必要はない。したがって車は自家用車。そして君たちの事務所経営は、自家用車を持てる程度にはうまくいっているということだ。で、車種は？」

「……パオ。日産の」

「いいね。遊び心のある車だ。それはお土産？　お茶を淹れよう」

　教授は何事もなかったかのように電気ポットに手を伸ばす。俺はソファーに座り、匙を投げるように、最中の入った紙袋をテーブルに置いた。

　教授は中を覗き込み、「ずいぶん多いね」とコメントする。

「まあ、ゼミの学生たちといただこう」

「最近の学生はどうすか」

「年々扱いづらくなるよ」

「俺たちよりも？」

「少なくとも君たちは、講義中にタブレットでアニメを見たりはしなかった」

　湯呑みをこちらに差し出し、教授は俺の向かいに座る。鶴でも折るような丁寧さで、最中の包みを開き始める。

「さて、どんな事件かな」

「……まだ事件とは一言も」

「君がいやいや顔を出す理由はそれくらいしかないだろう」

「突然恩師に挨拶したくなっただけかも」

「だったらノックの返事を待つだろうさ。人探しの類か。私で力になれるといいが」

　緑茶を鼻から噴き出しそうになった。

「な、なんで」

「君が相談に来たことからわかるのは、まず解決まで一刻を争うこと。とするとすでに起きた事件ではなく現在も進行中の事件だ。片無くんは別行動を取っているが、車は君が使っている。いちいち車を乗り降りするよりも、徒歩と電車で移動したほうが効率がいいからだろう。現在も進行中で、捜査に細かく足を使う必要があり、解決まで一刻を争うならいま君たちがやっているのは人探しだ。〝不可能専門〟の君がここに来たことから、不可能事象が絡んでいることもうかがえるね。誰かがどこかから消失したとか？」

「俺はもう黙ってるからそのまま全部言い当ててくれ」

「そんなことはできないよ。私は探偵じゃないからね。これ、ちょっと甘すぎるね」

最後のは最中の感想だった。

俺はどでかいため息をついてから、事件のあらましとこれまでの捜査を語り始める。教授は相槌も打たず、こぼれ落ちる最中の粉の対処に夢中のようだった。話を聞き終えると、ようやく声を発した。

「嘘をついている人間がいる」

教授は直接言及せず、推理の鍵となる単語を並べていく。

最初のいくつかのキーワードで、嘘つきの正体に気づいた。そこから先は聞く必要がなかった。ドミノが倒れるように手がかりがつながり、脳天を衝撃が貫いて、俺は背もたれにのけぞる。ひびの目立つ天井は、学生時代から何度も見上げたおなじみの景色だった。

「いや、でも」間抜けになった気分で口を開く。「まだわからん。あいつがそんなことをする理由はなんだ？　メリットが何もねえだろ」

「何もないってことはないと思うがね」

茶をすする教授。これ以上明かすつもりはないらしい。

「……まあ、助かりました。あとは氷雨と話し合ってみます。動機はあいつの領分なんで」

「領分、か。君たちはおもしろいね。まるで、ひとりで謎を解くことを恐れているみたいだ」

服屋の店員をあしらうときのように、俺は肩をすくめた。緑茶を飲みほし、腰を上げる。

「五年前の事件も、まだ解いていないようだね」

「……あれは難事件なんで」

「でも君は答えを知っている。片無くんも」

振り返り、教授を見る。音速ジェットみたいなエンジンを積んだいけすかない白髪頭を。すべてを見透かす冷淡な瞳を。そして、答えのわかりきった質問をする。

「あんたは解いてんのか」

「よい指導者の条件はなんだと思う？　出しゃばらないことだよ。あれは君たちの事件だ。君たちの手で解かれるべきだ。君と片無くんと、穿地くんと糸切くんの手で」

「………………」

「やっぱり甘すぎる。半分持って帰ってくれない？」

最後のは最中の感想だった。


一時間後、渋谷のカフェで氷雨と待ち合わせた。馬鹿みたいな量のクリームが載った馬鹿でかいパンケーキをシェアしながら、わかったことを報告し合う。氷雨のほうは収穫なし。俺のほうは収穫あり。主に教授のおかげで。いいんだ、夏休み最終日だから。

仕事を引き継いだ〝不可解専門〟は十分と経たずに答えを出した。氷雨がまずやったことは、本庄真琴へのメールだった。

〈潮路さんの失踪、もうしばらく黙っておいてもらえますか〉

〈いいけど……なんでですか？〉

〈彼女の居場所がわかったから〉

5

高橋優花はいつもと同じ制服姿で現れ、いつもと同じソファーに座った。スタンバっていた薬子ちゃんがアイスティーを運んでくる。依頼人が礼を言い、それを一口飲む間、俺たちはじっと黙っていた。

「あの、何か報告があるって……」

「岬を見つけた」

俺が言ったとたん、優花の目が見開かれた。「ほ、ほんとですか！」と興奮した声で聞いてくる。

「岬、無事なんですか」

「無事だ。ぴんぴんしてる」

「それで、どこに」

「俺たちの目の前」

ブラインドを下ろしたように、少女から感情が消えた。

俺はちょっと体を傾けて、うつむきがちな彼女の顔を覗き込んだ。

「やっとつかまえたぞ。潮路岬」

「これ返すわ」

俺は紺色のゴーグルを彼女の前に放った。スイミングクラブの、潮路岬の忘れ物。

「このゴーグル、強い度入りだな。岬はだいぶ目が悪かったみたいだ。で、普段はコンタクト派。てことは、泳ぐときはコンタクトを外して度入りのゴーグルをつけるってこと。月曜の練習でもそうしたはずだ」

少女は何も言わず、グラスに浮いた氷を見つめている。

「だがプールから出たあと、岬は鏡に近づかずにロッカールームを出ていった。さて問題。そのときの岬はコンタクトをつけてたか、つけてなかったか？　普通、コンタクトってのは鏡を見ながらつけるよな。その場に鏡があるのに、わざわざ見ずにつけようとする奴はいない。新しい種類に替えたばかりで、目を痛がってたならなおさらだ。そもそもワンデーコンタクトは使い捨てだから、一度外したらもう使えない。前提①。潮路岬は、コンタクトをつけずにスイミングクラブをあとにした。じゃ、コンタクトなしでどうしたのか。眼鏡をかけたのか？　いいや、あの日に限っちゃそれもありえない。なぜなら、その時点で岬の眼鏡は寮の机の上に置いてあったからだ。それに、防犯カメラに映っていた岬は眼鏡をかけていなかった。前提②。潮路岬は、眼鏡をかけずにスイミングクラブをあとにした。前提①と②より、結論はこうなる。潮路岬は、裸眼でスイミングクラブをあとにした」

少女がわずかに視線を上げ、俺を見つめてくる。何が言いたいのかわからない、という顔で。まあそうあせるなよ、もう解決を急ぐ必要はないんだから。俺は話を続ける。

「たぶん岬は、プールのあとはいつも眼鏡で帰ってたんだろう。あの日も眼鏡でスイミングクラブを出て、そのまま失踪するつもりだった。だがプールから上がったあと、眼鏡を寮に忘れてきたことに気づいた。コンタクトの予備も持ってない。で、裸眼のまま寮に取りに戻ることにしたわけだ」

徒歩十分の通い慣れた道だ。裸眼でも大した危険はない。

だが。岬が裸眼だったとすると、ある矛盾が生じてくる。

「高橋優花はこう言っていた。『トンネルのそばを歩いていたら、線路の向こうにいる岬が声をかけてきた』と。時間的・地理的に考えて、それは間違いなく、岬がスイミングクラブを出てから寮に行くまでの間の出来事だったはずだ。つまり、岬が裸眼で歩いてた時間帯の出来事だな。いいか？　日が暮れた薄暗い中、かなり目の悪い人間が、裸眼の状態で、五十メートル先にいる知り合いを見つけて自分から声をかける——なんてことはありえないんだよ。知り合いの姿が見えたはずないんだ。結論その二。高橋優花の話は嘘だ」

推理の駒がひとつ進んだ。まあ、ここまでは教授の助言でわかったことなので、かっこよく決められる立場じゃないのだが。

「岬を見たってのが嘘なら、消失の話も怪しくなる。もしあんたがトンネルの出口にいなかったなら、謎は一瞬で謎じゃなくなる。俺の注意は岬からあんたに移った。で、あんたについて考えてみた」

そして奇妙な点が、いくつもあることに気づいた。

「たとえばあんたは、制服を着ているのに鞄やリュックを持ってない。初めて会ったときからずっと。スカートやソックスはきっちりしてるのに、ベストだけボタンを外してる。それに、俺たちの車とぶつかりそうになったとき。接触しかけたのは腰や膝なのに、あんたはなぜか頭を押さえた。まるでウィッグがずれるのを防ぐみたいに。岬とは捜索依頼を出すほどの仲よしなのに、岬の周りの人間は誰もあんたを知らない。

あんたは分厚い眼鏡をかけていて、岬と同じく目が悪い。岬のスマホのカメラは壊れていたそうが、あんたのカメラもＱＲコードが読み取れない。昨日の発言もおかしかった。『本庄さん、ＯＫだって』って氷雨の言葉を聞いただけで、あんたは『寮に行くんですか』と聞いてきた。あんたはなぜか岬のルームメイトの名前を知っていた。そして岬は、メイクが得意だった」

カツラをかぶり、眼鏡をかけ、眉を太くして印象を変える。

「裏付けは電話一本で済んだ。ミゲル女学院に高橋優花って名前の生徒はいないとさ」

人間は、消えない。

同時に、突然現れたりもしない。

両方が同時に起きたとしたら、答えはひとつだけ。すなわち――

「高橋優花と潮路岬は同一人物だ。トンネルの消失も説明するまでもないな。あんたは普通に通り抜けただけ。出口で待ってる高橋優花なんて人間はいなかったんだ」

カラン、と氷が音を立てた。

優花――もとい潮路岬は、もったりした長髪に手を伸ばした。ウィッグが外れ、写真で見たのと同じショートヘアが現れた。

「どこで買ったんだ。ドンキか？」

「ネットオークションで……。制服も。ベストだけ、ちょっとサイズが合わなくて」

「うまい変装だったな。名前もよかった。高橋はありふれた苗字だし、優花はあんたの世代の名前ランキングじゃ毎年上位だ」

「ごめんなさい！」

ほめたつもりだったのだが、岬は泣きそうな顔で謝ってきた。

「いたずらとか、そんなつもりじゃなかったんです。ただ、私……」

「動機のほうも見当がついてる」

「つけたのは僕だけど」

ここからは氷雨の出番だった。相棒は姿勢を正し、眼鏡を押し上げる。

「失踪した人間が別人に成りすまして、探偵に自分の捜索を依頼する——単なるお騒がせ目的かとも思いましたが、あなたはルームメイトに失踪を予告しているし、親にはLINEを返信していた。僕らには『大ごとにしたくない』とも。騒がせたいにしては詰めが甘い。で、あなたの行動を振り返りました。あなたはわざわざうちに来て、中間報告を聞きたがった。特にこだわったのが『普段の岬の様子』について」

氷雨がそれを教えたとき、彼女は戸惑うような反応を見せた。そして「誰もわかってない」と言った。

「あなたは、自分が人からどう見られているかを知りたかったんじゃないですか。一時的に姿を消し、探偵に自分のことを調べさせれば、周りの人間の正直な評価を知ることができる。だからいなくなり、だから別人として現れた。違いますか」

少女はすぐには答えず、黒いウィッグを握りしめていた。外されたそれは髪の毛とはほど遠い、どす黒い怪物のように見えた。グラスが汗をかき、テーブルの上を水で汚す。

「ときどき、すごく不安になるんです」岬は独り言のように語った。「学校で話してるときとか、寮でごはん食べてるときとか。みんなの輪の中に入ってるつもりなのに、誰も私を見てないみたいな。自分が、消えちゃったみたいな気持ちに。怖くてたまらなくて、どうしても本当のことが知りたくて、計画を立てました。事件性がないと依頼を受けてもらえないって思ったから、失踪事件を起こすことにしました。でも御殿場さんが、不可能事件にしか興味ないって言いだすから……」

「おい。まさかトンネルで消えたって話は」

「それなら不可能事件になるかなって思って。とっさに」

俺の軽口のせいで事件がこんがらがったわけか……。だが、そのとっさの嘘から解決の糸口がつかめたわけで。妙な巡り合わせだ。

「最初は少し、期待してました。みんな私をちゃんと見てくれてて、いろんな面を答えてくれるんじゃないかって。いい評判も悪い評判も、いっぱい聞けるんじゃないかって。でも……」

誰もが彼女を「普通」と言った。岬は誰の印象にも残っていなかった。

自分が消えていないことを証明したい少女にとって、それは最も残酷な結果だった。

「本当にご迷惑おかけしました」岬はテーブルに手をつき、頭を下げる。「もう、やめます。ホテルも引き払って、寮に戻ります。どっちにしろ週明けには戻るつもりだったんです。お金もあんまりなかったし……。あ、でも、調査費はちゃんと」

「いりません」

「で、でも」

「いりませんよ。消えた本人からもらうなんて、馬鹿馬鹿しくてできない」

「待った。経費だけ請求してもいいか。一万二千円」

「あ、はい……何に使ったんですか」

「ダンボール一箱分の最中」

「……?」

首をひねりつつも岬は金を払った。それからまた頭を下げ、逃げるようにソファーを離れる。

俺は巻き毛をいじりながら、組んだ脚を揺らしていた。岬が部屋を出ていこうとした瞬間、「なあ」とその背に声をかけた。

「誰もあんたをちゃんと見てなかった。それはたしかにそうだ。でも、あんたも周りに自分を見せてなかったんじゃないか。その場しのぎに必死で、誰とも深くつながれなかった。だから誰の印象にも残らなかった。違うか？　みんな言ってたぞ。あんまりあんたと話さなかったって」

「私は」振り向いた岬の目はうるんでいた。「御殿場さんみたいに、自然体で生きられないんです」

「俺はこう見えて周りの目を気にしてるよ」

無意識に、自分の首に手を這わす。「そういえば」と、氷雨が声を大きくする。

「ひとつ報告し忘れたことが。僕らから見た潮路岬さんの評価です」

「…………」

「岬さんは臆病で、繊細で、そのくせひどく大胆だ。礼儀正しくて嘘がうまくて頭の回転が速い」

「ものすごく迷惑でものすごく変な奴だよ。俺たちは一生忘れないと思う」

岬はぽかんと口を開けた。

その口が少しずつ動き、あきれたような微笑に変わる。写真で見た、型取りしたような笑顔とはだいぶ違った笑い方だった。何も言わずに再び背を向け、少女は俺たちの前から消える。

薬子ちゃんがエプロンを脱ぎ捨て、それを追っていった。

『貞子vs伽椰子』の割引券はまだ有効なので、六本木まで観にいくことにした。

空色のドアを開けパオに乗り込む。俺は助手席。氷雨は運転席。日曜までは入れ替わらない。

「変な事件だったね」

「あいつ、またうちに来るんじゃねえか。薬子ちゃんと仲良くなったみたいだし。雨降ってなんとやらだ」

「雨に流されるほうの身にもなってほしいよ……。でも、人から見た自分が気になるって気持ちはわかるかも」

「おまえもだいぶ地味だしな」

「いやそういう話じゃなくて」

氷雨はシートベルトを二回確認してから、バックミラーに手を伸ばし何度も微調整する。小市民的なその挙動を眺めながら、ふと考える。

俺たちは、互いのことをどれだけ知っているだろう。

片無氷雨。二十八歳。五月十五日生まれ。不可解担当。真面目。心配性。天然。キウイが好物。秋刀魚(さんま)が苦手。意外と体を鍛えてる。犬派。山派。たけのこ派。トランクス派。シャンプーや牛乳を切らすと怒る。怒ったときはけっこう怖い。趣味はしいて言えば新聞の切り抜き。作家は楡周平(にれしゅうへい)。芸人はラバーガール。歌手は――なんてつまらん作業だ、もうやめよう。

「なあ。俺が突然いなくなって、探偵がおまえのとこに来て、普段の俺について尋ねたらなんて答える？」

「なんでほかの探偵が出てくるのさ」氷雨はミラーに集中したまま、片手間のように答えた。「君がいなくなったら、僕が君を追いかけるよ」

「……そういや、そうだな」

俺は助手席から首を突き出す。氷雨はイグニッションキーを回す。

年代物のエンジンが、不機嫌な声でうなった。

最も間抜けな溺死体

1

床の上をロビンが這い回っている。

あいにくリビングはどこも綺麗で、今日の彼に朝食はなかった。ロビンはロボット掃除機のルンバである。うちに来てから半年経つが、洗濯物を吸い込まれたりフィルター交換を忘れたり、彼との暮らしはいまだに慣れない。でも、ぼくは仲良くしたいと思っている。踏まないように彼をまたぎ、キッチンに入る。

たっぷりのバターを塗った四枚切りの食パンをトースターにセットする。パンに切り込みを入れておくのがコツ。溶けたバターが中まで染みる。砂糖を振った溶き卵をフライパンの上でかき混ぜ、甘口のスクランブルエッグを作る。それを皿に盛り、冷蔵庫から昨日のサラダの残りを出す。あとヤクルト400LTも一本。ヤクルトは契約しているので毎週届く。くぴくぴ飲みながらソファーに移動し、窓の日差しに目を細める。

ごきげんな朝、になる予定だ。

クライアントからの電話はちょっと遅れているけれど、心配はしてない。少なくともぼくは依頼に沿った理想的なプランを提供したつもりだ。不測の事態がない限りうまくいくだろう。今回の依頼はかなりユニークで、やりがいがあった。

ロビンがぼくの足にぶつかり、向きを変える。ぼくは鼻歌を奏でる。粗削りなミディアムテンポのロック曲。

「フーンー、フーフン。フーンー、フーフン……」

チープ・トリックの『ELO Kiddies』。デビューアルバムの一曲目に収録された曲。彼らの原点。なぜか最近、この歌がぼくの頭にこびりついて離れない。『Hello There』とかもっとノリのいい曲のほうが好きなはずなのに、リフレインが止まらない。

中でも、特に鳴りやまないパートがある。

二番Bメロ後にやってくるあるパート。曲の最後にもリピートされる四フレーズ。

その歌詞は、簡単にいえば――

逃げ続ける犯罪者に、タイムリミットを突きつけるような内容だ。

「フフーフ、フーフフーン。フフーフ、フーフフーン……」

いまのところ、ぼくは平穏に暮らしている。ソファーでくつろぎ、ルンバと戯れ、毎朝一本ヤクルトを飲む。でも、何かに追われるような感覚は日に日に強まっている。

追っ手はきっと人ではなく、過去とか後ろめたさといったたぐいのものだ。あれから五年半、ぼくらはバラバラに生きてきた。でもそろそろ、原点に返るべきかもしれない。

ポケットの中が震えた。

相手を確認する必要はなかった。仕事用の携帯は毎回使い捨てで、番号はクライアントにしか教えない。このガラケーも今週中にはゴミ箱行きだ。ストックがなくなってきたのでまたアキバで買ってこなきゃ。そんなことを考えながら電話に出る。

「もしもし」

『もしもし、糸切(いとぎり)さん？』興奮のためか、相手の声は息切れしていた。『うまくいきました』

「それは何より」

チン、とトースターが鳴った。

＊

床の上を黒い芋虫が転げ回っている。

眼鏡をかけ直し、もう一度よく見た。倒理（とうり）だった。死にかけの子犬じみた顔を晒（さら）し、右に転がっては「あー」左に転がっては「うー」と、声にならぬ声を発している。ときおり勢い余って日なたに転げ出てしまい、そのときだけ「ぐおお」と叫んで機敏な動きで日陰に戻る。そんな彼を網戸の向こうから蟬（せみ）たちが囃（はや）し立てている。扇風機がうめく。風鈴が笑う。

「うちは探偵事務所で、ここは応接間で、僕らは探偵だったはずなんだけど」

「おぎょら」

「もう一回言ってもらえる？　グーグル翻訳に通すから」

「ぞめふ」

「まだ対応してないみたいだ」

「暑いんですよ。暑すぎるんですよ」

アイスキャンディー片手に薬子（くすりこ）ちゃんが入ってきた。制服のポリシーはどこへやら、Tシャツに短パン姿である。かくいう僕も今日はノージャケットでワイシャツを肘（ひじ）までまくっている。背中には汗染みが浮かび、前髪は額（ひたい）に貼りついていた。

エアコンは三日前に臨終した。

修理が来るのは明後日になるという。

「暑いからって君にゴロゴロされると余計暑苦しいんだよ。せめて椅子に座ってくれ」

「もじょじょ」

逃げるように転がってゆく芋虫。僕らの存在にはかまわず、ばっさばっさとTシャツを動かす薬子ちゃん。……だめだ、みんなおかしくなっている。

「まだ昼過ぎだけど、今日はもう閉めようか」

「はどゅみど」

「なんて？」

「どうせ依頼人も来ないしなと言っています」

「れぼら」

「麦茶くらい自分でついでください」

「なんで君たち会話ができるの」

グーグル翻訳より優秀なバイトはソファーに倒れ込んだ。ボリボリとアイスを食べ進め、はずれ棒にうなだれる。

「プールとか行きたいですねー」

「ああ、いいね。みんなで……」

行こうか、と言いかけて僕は口をつぐんだ。

倒理は今日もタートルネックのカットソーを着ている。首回りが暑そうな冬服を。

「……やめとこう。どうせ混んでるし」

「わっはっは」

「なに笑ってるのさ」

足で芋虫の尻を小突く。

そのとき、ノックの音が聞こえた。

トン、トントン、トン——うちの玄関にインターホンやドアベルがついてないのは、ノックの音から訪問者の素性を推理するためだ。でも開業から五年も経てば、常連のノックはだいたいたいリズムを覚えてしまう。この音はたぶん、メジロ急便の配達員だ。

部屋を見回す。出撃可能なパイロットは……いない。ＯＫ、僕が行こう。

玄関に出てドアを開ける。予想どおり、見知った配達員が立っていた。

「暑いですねえ」

「そうですねえ」

おそらく今日、日本で最も多く交わされるであろう会話をし、小包を受け取る。おや、と思った。差出人が空白だ。

品名欄には〈夏の元気なごあいさつ〉とだけ書かれていた。

「……ＴＯＫＩＯのリーダーからかな」

「お知り合いなんですか」

「知り合いに見えます？」

「見えませんねえ」

あまり交わされないほうの会話をし、ドアを閉めた。廊下を戻りながら小包を開封する。

中身はサラダ油ではなく、一冊の本だった。

読んだことはないけど知っている本だ。書店に平積みされているし、テレビでも紹介されている。

出光公輝著『クソ社会で生き残る』。表紙に写っているのは、ファイティングポーズを取る高級スーツの男。ツーブロックのハンサム顔で、表情は自信にあふれている。帯には〈話題騒然〉〈シムライフ社長が送るビジネス書の決定版〉などと書かれていた。

「誰か、出光公輝の本を注文した？」

「出光？　ああ、最近テレビに出てる」

「知らねえよ本なんて」

薬子ちゃんが答え、倒理がぞんざいにかぶせた。人語を返してくれただけでも上出来だった。

出光公輝は話題のIT社長である。小さなベンチャー企業からスタートし、数年前に開設した〈シムライフ〉という通販サービスが大ヒット。一気に年商数百億まで会社を成長させた。派手な金遣いと歯に衣着せぬ物言い、精悍な容姿が受け、最近ではバラエティのひな壇やワイドショーのゲスト席でもよく見かける。その影響もあり、起業家や意識の高い学生たちからはカリスマ的人気を誇っているそうだ。先月出たこの本もすでに数十万部売れていると聞く。

……でもそれが、なんでここに？

うちの経営難を見かねたＴＯＫＩＯのリーダーが気を利かせてくれたのだろうか。パラパラめくっていると、一枚の紙が床に落ちた。折りたたんだコピー用紙だった。広げてみると、短い英文がプリントされていた。

Ooh you think you're Jesus Christ
You walk on water but don't bet your life

All you walk is a fine line
It's such a strange strain on you

「……これって」

スマホから着信音が鳴った。

めったにかかってこない番号からだった。穿地だ。脱皮する蝉のように膨らんだある予感を、額の汗と一緒に拭い去る。僕は本と紙をテーブルに置き、電話に出た。

「やあ穿地。暑いねえ」

『相談したい事件があるんだが』

相変わらず直球だった。会話にゆとりを持ってほしい。

「今日は臨時休業にしたんだけど」

『おまえらの都合は聞いていない』

「そう言うと思ったよ」

『出光公輝を知っているか』

「『クソ社会で生き残る』の？」

『彼は生き残れなかったようだ』女刑事は無情に告げた。『昨日の夜死亡した。中目黒の会員制プールで』

僕は卓上のコピー用紙を見下ろした。

「あー……それって、もしかして美影が関わってる？」

名前が聞こえたのか、視界の隅で倒理がぐるりと首を回す。穿地の反応は薄かった。

『糸切が？　いや、今回は無関係だろう。出光はおそらく事故死だ』

「事故死……って、じゃあなんで僕らに相談するの」

『なんというか、その。死に方が』

珍しく言い淀んでから、穿地は続けた。

『死に方が、あまりにも間抜けすぎるんだ』

2

会員制プールと言うので、先月の事件で立ち寄ったスイミングクラブみたいなものを想像していた。でもぜんぜん違った。

まず、場所が中目黒のビルの最上階だった。プールの名前は〈ラ・エサクタ〉。倒理がハン、と鼻を鳴らした。

地上からプールまでは直通エレベーターがあり、呼び出しボタンの上には網膜センサーがついていた。倒理がハァン、と鼻を鳴らした。

とはいえ今日のセンサーは切られていた。エレベーターに乗り、最上階へ向かう。降りた先は更衣室が並んだホールだった。そこを抜け、くもりガラスのドアを開ける。

倒理がハァァン、と鼻を鳴らした。

三流ライターなら「都会のオアシス」と書きそうな、ちょっとしたリゾート空間が広がっていた。高い天井に青空の絵が描かれている。左手の壁は一面ガラス張りで、目黒川の並木が見下ろせる。あちこちに置かれたヤシの鉢植えと寝心地よさそうなビーチチェア。右手には小さなバーまであり、酒の瓶が並んでいた。

そして、中央にはプール。ひょうたん形だが、水深や容積は小学校の二十五メートルプールと同程度だろう。水面にはおふざけの名残のように、浮き輪やビーチボール、大きなアヒルのゴムボートが浮いていた。

プールサイドにいるのは、水着のセレブたちではなくスーツの男たちだった。いや失敬、女性もひとり。上着を脇に抱え、眼鏡をかけ、煙草めいたものをくわえた女性。

彼女はこちらへ歩いてくると、煙草をポリポリかじって飲み込んだ。

「よお穿地」倒理が手を上げた。「すげえプールだな」

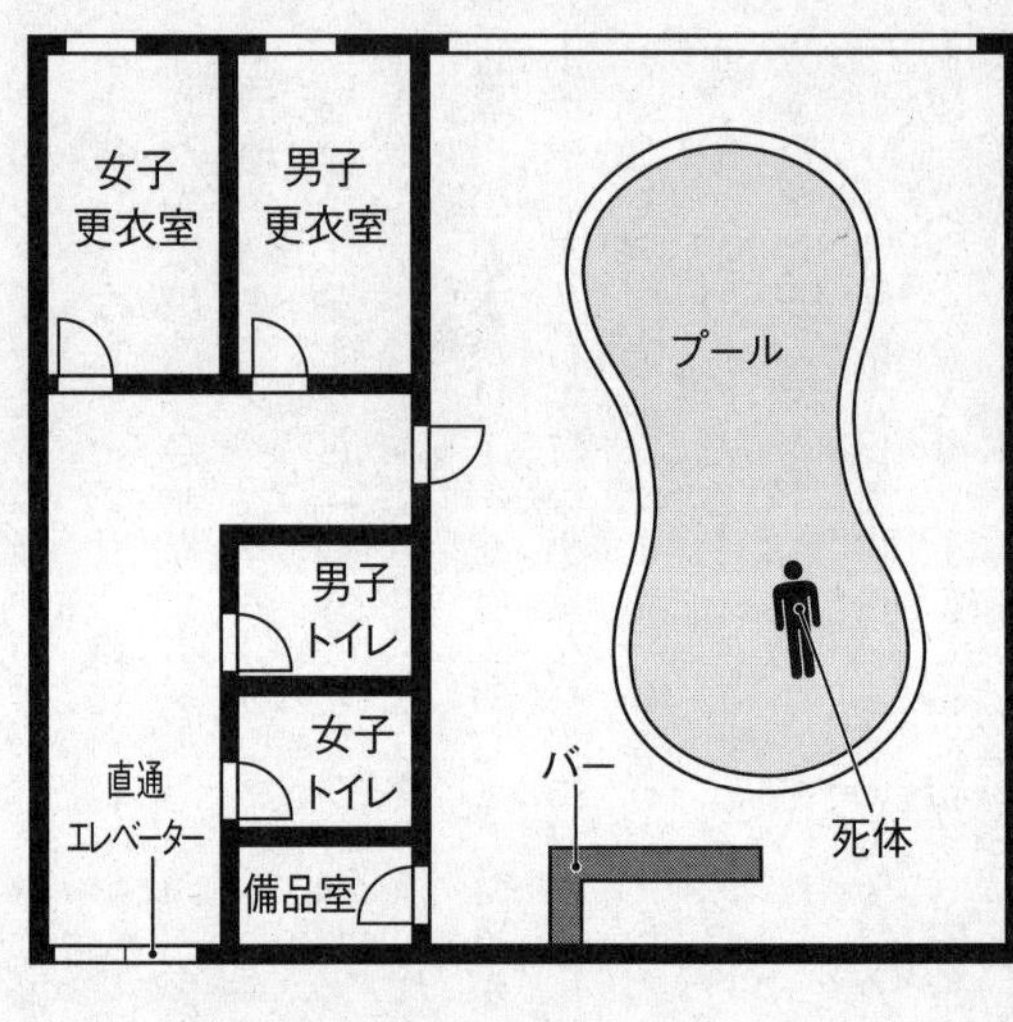

「会費を聞いたら驚くぞ。きっとおまえらの月収より高い」

「二人合わせた月収か？」

「ひとりあたりだ」

「じゃあ反論しないどく」

「で、出光さんはどこで亡くなってたの」

僕が尋ねる。穿地はココアシガレットの箱から新たな一本を取り出し、それをプールの水面へ向けた。

「ここの説明からしよう。見てのとおりセレブ向けのレジャープールだ。会員数はまだ少ないが、出光公輝はそのひとりだった。出入口は直通のエレベーターのみで、網膜を登録した会員なら二十四時間いつでも入れる。会員同士でサロン的に利用することもできるし、貸し切りの予約を入れれば友人を招いてパーティーもできる」

「パーティーかあ……たしかにナイトプールとか流行ってるって聞いたけど」

「美女の腹にコカイン載せて鼻から吸ったりするんだろ」と、倒理。「『ソーシャル・ネットワーク』で見た」

「私ならフレッシュソーダの粉にしておく」駄菓子好きの警部補がコメントを加えた。

「さて。会員以外で自由に出入りできる者がひとりいる。ビルの管理人だ。第一発見者はその女性だった。小坪、連れてきてくれ」

穿地は対岸の部下、小坪くんに声をかける。彼はだばだばと擬音がつきそうな走り方で消え、鼻ボクロの目立つ初老の女性を連れてきた。彼女は「矢沢です」と名乗った。

「一階に住んでまして、オーナーさんとの契約でプールの管理もやってます。それで毎晩、午前零時に見回りを。昨日もその時間に。どなたもいませんでしたし、ロッカーも空でした。ただ、プールに異状が……」

「異状？」

それに困り果てた矢沢さんは、向居というオーナーにビデオ通話をつなぎ、指示を仰いだのだという。録画が残っているというので見せてもらった。

いきなり矢沢さんのどアップから始まった。心配そうに顔が歪(ゆが)んでいる。端には通話相手の男が映っていたが、こちらは迷惑そうだった。

『どうした、こんな時間に』

『あ、向居さん？　いまプールにいるんですけど、これ……』

二人の声が入り、画面がくるりと向きを変える。僕らの立ち位置とほぼ同じ場所から見た景色だった。ひとけのないプールサイド。ガラスの向こうには中目黒の夜景。

そしてひょうたん形のプール。

だがそのプールには、水が入っていなかった。本来なら一・五メートルほどあるはずの水位が二、三センチにまで下がり、ほぼ空になっている。プールの底には潮が引いた浜辺のように、浮き輪とボールとアヒルのゴムボートが散らばっていた。

「なんだこりゃ」

『なんだこりゃ？』倒理とオーナーがシンクロした。『なんで水を抜いた？』

『わ、私じゃありませんよ。見回りに来たらこうなってたんです』

『操作盤のモードは？　確認してくれ』

カメラが動き、部屋の隅へ向かう。矢沢さんの手が〈備品室〉と書かれたドアを開けた。クローゼット風の小さな部屋で、空気入れや水切りワイパー、長いホース、モップとバケツなどが詰め込まれている。洗面台の横にタッチパネルがあり、それが注水・排水の操作盤のようだった。表示は〈排水〉になっていた。

『ああ、やっぱり！』オーナーが悲鳴を上げた。『誰かいじったのか？　今日は見池様の貸し切りだったはずだろ』

『そのときは何も……。でも見池様たちは十六時ごろ帰られたので、そのあと誰か入ったのかも』

「見池というのは会員のひとりで、ゲーム会社の社長だ」

穿地が補足した。オーナーの慌てふためいた声が続く。

『とにかく困るぞ。すぐ注水してくれ』

『水道代がだいぶかかりますが』

『この際しかたない』

矢沢さんの指がタッチパネルを操作し、モードが〈注水〉に変わった。カメラは備品室を出る。プールに目に見えた変化はないが、ゴボゴボというポンプの音が聞こえた。

『だいたい八時間かかるから……いまから入れれば朝には満杯だな。明日の八時に確認して、もう一度連絡をくれ』

『ええ……は、はい』

不満げな管理人の声を残し、映像は終わった。

「操作盤ってのは誰でもいじれんのか？」

倒理が聞くと、矢沢さんは肩を落とした。

「そうです。備品室も施錠はしてませんでした。まさか利用者の方がいじるとは思わなかったので……」

市民プールならいざ知らず、こんな場所の利用者が備品室を開けるとはたしかに想定しづらい。

「見回りのあと私は下に戻って、エレベーターのドアには〈プール使用禁止〉の紙を貼っておきました。寝て起きて、今朝の八時に確認に。たしかに水は入ってました。でも……」

「もうひとつ余計なものが」

穿地が写真を取り出した。やはりプールを写したものだった。満杯状態で朝日を反射する水面。プカプカ漂う浮き輪に、ボールに、黄色いアヒル。

プールの底には、水着姿の男が沈んでいた。

著作の勇姿はどこへやら、弛緩した顔が天井を見つめている。額には痣のようなものが確認できた。

「検死の結果、死因は溺死でした」小坪くんが手帳をめくる。「死亡推定時刻は昨夜午後十時から今日の午前二時にかけて。といっても零時の時点で矢沢さんがプールを見回っているので、零時から二時の間に絞れます。額には痣があり、脳震盪を起こした形跡も。このことと肺に入った水の量が少ないことから、溺死前にすでに気絶していたのだと思われます。あと、お酒もだいぶ飲んでいたようで……」

「出光はすぐ近所にひとり暮らしで、昨夜十時に職場から帰宅したことまではつかめている。それ以降の足取りは不明だ。プールの更衣室には衣服が残っていたが、めぼしい手がかりは得られなかった」

「もうひとつ……発見時の皮膚の状態から、死体が死後八時間前後水に浸かっていたことは確実だそうです」

「八時間？」思わず聞き返した。「えーと、発見が朝八時で、水を入れ始めたのは零時だよね。それで八時間浸かってたってことは……」

「注水が始まった直後、まだ水位の低いプールで溺死したことになります」

「唯一筋の通る仮説はこうだ」穿地が話をまとめた。「矢沢さんが見回りを終えて間もなく、出光公輝が泳ぎにやって来た。彼は泥酔していたため貼り紙を見落とし、またプールの状態にも気づかなかった。彼はそのまま水のないプールに飛び込み、頭を打って気絶。徐々に水位が上がって溺れ死んだ。プールの底に倒れていたなら、低い水位でも溺れるには充分だ」

「………」

僕はくもりガラスのドアを振り返り、想像する。深夜、ふらふらとやって来る千鳥足の男。彼は鼻歌まじりに水着に着替え、プールサイドに立つ。アスリートのように背筋を伸ばし、両手を構え、思いきり跳躍。そして水のないプールに飛び込む――

「漫画みてーな死に方だな」

倒理の一言がすべてを要約していた。穿地がココアシガレットを噛(か)み砕(くだ)く。

「問題は、そんなことがありうるかどうかだ。餅は餅屋という。意見を聞かせろ」

「そりゃどういう意味の餅だ？」

「馬鹿げた事件という意味の餅だ」

「喉(のど)に詰まらせてやろうか」文句を垂れつつも倒理は考え始める。「防犯カメラとかは？」

「直通エレベーターからプールにかけては設置されてない」

「網膜センサーだけで充分だと思ったので」と、矢沢さん。「それに芸能人の会員さんもいらっしゃるので、カメラとかいやがられるんです……」

「出光は本当にひとりだったのか？　ほかの会員が殴って気絶させたんじゃねえの」

「それも考えたが、ありえない。出光以外にプールの会員は六人。そのうち三人はいま海外にいて、残り三人にも昨夜零時から二時にかけてアリバイが」

「じゃあ会員以外の奴だ。さっき友人なら入れるみたいなこと言ってたよな」

「会員に同伴してエレベーターに乗る形なら、部外者でも入れる。だが、網膜認証は一階に下りるとき——つまりここから出るときにも必要なんだ。仮に出光同伴でプールに入った部外者がいたとしても、出ていくことができない」

「気絶した出光を運んできてセンサーに通しゃいい」

「エレベーターは三十秒ほどで自動で閉まる。その間に出光をプールに戻し、ホールに取って返すのは無理だ。ダンボールなどをドアに挟んでおくこともできない。ドアに何か挟まった場合、管理人の携帯のアラームが鳴る仕組みだ」

「じゃ、その管理人が犯人って線はどうだ。あんたも網膜登録してるんだよな？」

「そ、そんな」

悲痛な声を漏らす矢沢さん。だが、小坪くんがかぶりを振った。

「彼女の部屋の前にはカメラがありまして、昨夜の行動は把握できます。部屋を出たのは零時の見回りの際だけで、零時八分には戻ってきてます。プールでの行動の大部分もいま見た映像に残っているので、犯行が可能だったとは……」

「んー」倒理は巻き毛を指でつまみ、くるくる動かしてから、「じゃあ事故死か自殺だな」

「いや……たぶん殺されたんだと思う」

小声のつぶやきはプールに反響しなかった。でも倒理と穿地は鋭く反応し、僕のほうを見た。何か直感めいたものがあったのかもしれない。僕は少し迷ってから、例の紙を取り出して二人に見せた。

チープ・トリック『DOWNED』という曲の一節。和訳するとこんな感じだ。

自分がキリストだと思ってるんだろ
水の上を歩いても命を賭けはしない君
君はいつだってどっちつかず
不思議な緊張が君を襲う

気絶して溺れ死んだ間抜けなカリスマ経営者への、それは皮肉めいた歌詞だった。

穿地の口元で、ちびたココアシガレットが上下に動いた。

「どこで手に入れた」

「うちに届いたんだよ、出光公輝の本と一緒に。まさか偶然じゃないだろ？」

穿地は仏頂面で腕を組む。

「奴が関わっているなら、これは事故死に見せかけた殺人ということになる」

「で、でも穿地さん、出光を殺害できた者は誰もいないはずで……」

「てことは」と、倒理。「不可能犯罪だな」

「もしくは」と、僕。「事故死するように誰かが仕向けたか」

餅は餅屋。不可能で不可解な事件には僕ら。警部補の判断は正しかったようだ。

僕はもう一度プールを見た。水面は八月の日差しを浴びてきらきら輝いている。死体が浸かっていたことが嘘みたいなほど爽快に。

なんとなく、美影の笑顔を思い出した。

3

糸切美影。

屋号はチープ・トリック。ルール違反をしたがってる人に、審判にばれないようなやり方を教えるのが仕事。犯罪プランナーなんて呼び方は似合わないし、たぶん本人もいやがるだろう。彼が考案するトリックは常にチープで単純だから。年齢は二十七。たしか来月で二十八。長髪でにこやかで、ちょっと潔癖症。

なぜ詳しいかというと、大学のゼミの同期だから。

僕らが探偵という胡散臭(うさんくさ)い業界に入ったのと同じく、彼も妙な進路を選んでしまったようだ。職種的には正反対だが、正反対ゆえに僕らはしばしば彼とぶつかる。最近だと〈花輪(はなわ)ゼミ〉の重役が窓のカーテン越しに射殺された事件とか、〈新党日進(にっしん)〉の政治家が衆人環視下で毒殺された事件とか。美影が絡む事件を解くのは正直気乗りしない。毎回難しいし、穿地はピリつくし、僕らも昔の出来事を思い出してしまう。バッグの底から絡み合ったイヤホンを発掘して途方に暮れるような、そんな気分になる。

でもまあ、仕事は仕事だ。

「ひとまずアリバイ持ちの三人に会いにいくか」

信号待ちをしながら倒理が言った。今週は彼が運転手だ。僕は小坪くんに借りたリストを開き、容疑者を読み上げる。どれも新聞やテレビで見知った名前だった。

「玉越(たまこし)レイア、雑誌モデル。橋爪勇気(はしづめゆうき)、映画プロデューサー。見池初男(はつお)、ゲーム会社〈クイック・エンタテイメント〉社長」

「誰からでもいいが、じゃあ玉越レイアからいくか」

「誰からでもいいんだけど、玉越レイアからいこう」

すぐに決まった。

「いやあ、雑誌で見るよりお綺麗ですね」

「そういうのいいですから」

僕のお世辞は一刀両断された。自由が丘の撮影スタジオ。休憩中の人気モデルの周りでは、ヘアメイクやマネージャーが衛星のように動き回っていた。

「モデルなんだから綺麗なのは当たり前です。たとえばそう、探偵さんたちは、『賢いですね』って言われて嬉しいですか？」

「俺は嬉しいがな」

「そんなこと普段言われないので……」

しらけたように口をすぼめるレイア。北欧系のクォーターだそうで、鼻筋の通った美貌（びぼう）は一枚の絵画のようだ。撮影用の小悪魔ファッションも肌の白さを引き立てて……いや、そんなことはどうでもいい。

「〈ラ・エサクタ〉での話を聞かせてください。出光さんとは親しかったですか？」

「プールで会えば話すこともあったけど、私は親しくしてたつもりはないです。ああいうガツガツしたタイプって苦手で」彼女はサバサバしたタイプのようだった。「そも、そもここ二週間くらいプールには行ってないんです。海外ロケがあったりしたので」

「昨日はどこで何を？」

「半休でした。昼は友達とランチ。六時からひとつ撮影があって、でもすぐ終わって、帰ったのが八時ごろ。零時から明け方までは二十四時間制のジムにいました。渋谷の」

「そんなとこにも通ってんのか」

「モデルですから。〈エサクタ〉と契約したのも半分はシェイプアップのためです」

ミニスカートから伸びる脚を凝視してしまう。充分細いと思うのだけど。でもそれに言及したら、また「モデルですから」と言われるのだろう。

「昨日もプールには行かなかったわけですね？」

「ずっと中目黒の近くにはいたけど……行ってないです。会員用のＬＩＮＥに見池さんが朝から使うって連絡来てたし。そういう日は、ほかの会員は遠慮する決まりなの」

「だが出光は行った」

「遠慮を知らない人だったんでしょうね」

　レイアさんおねがいしまーす。カメラマンの声が上がった。公園を模したセットの前で、照明係が無人のベンチを照らしている。

　レイアは椅子から立ち上がる。僕らよりも背が高かった。

「私、会員やめようと思ってるんです」

「シェイプアップは完了か？」

「そうじゃないけど。出光さん、プールに沈んでたんでしょ？　気持ち悪くてもう泳げませんよ」

　彼女は身を翻し、光の世界へ戻っていった。

「うんそう。だからスケジュールは押さえ直したからあとは事務所さんのほうだけだから。一日? いや半日で。うん。やーなんとかやるでしょう監督撮影早いから。うん。そうそう。いやそっちは白組さんに丸投げで。はい。それじゃよろしく。はい。はーい」

携帯を切ると、橋爪勇気は僕らに向き直った。軽く染めた茶髪に丸眼鏡、量販店のチェックシャツ。四十手前とは思えない学生のような雰囲気の男だった。

「すみませんね。いま制作が佳境で」

「こちらこそ、お忙しい中すみません」

「次はどんな映画なんだ?」

「『ピュア・ラブ』という作品です。王路くんと彩名ちゃん主演で。七日間しか記憶の持たない恋人が事故にあって両足を失い、不治の病にかかって目を覚まさなくなり、最後に雪山で遭難するという感動巨編です」

「踏んだり蹴ったりな恋人だな」

「絶対売れますよ。王路くんと彩名ちゃんですから」

橋爪は屈託なく笑う。両足を失って目を覚まさない人がどうやって雪山で遭難するのだろう?

「で、なんでしたっけ。ああそうそう、出光さん。いや驚きましたよ、先週もあのプールで会ったばかりなのに」

「会員同士で何かトラブルなどは？」

「さあ、気づかなかったけど……。僕は彼のこと気に入ってましたよ。愉快な人でした、テレビとかで見るとおりの」

「昨日はどこで何を？」

「昼までは寝てましたね。僕、夜型なんで。夕方からはずっとここで仕事を。帰ったのは三時すぎくらいかなあ」

僕は彼の仕事場を見回す。渋谷のビル、三階の個室。ほかの社員の部屋とは廊下を隔(へだ)てている。誰にも見られず出入りすることもできそうだが……。

「外には一度も？」

「出てませんね、昨日は。飯も出前だったし。刑事さんにも話しましたけど、このビル出入りは全部記録されちゃうんで」

橋爪は胸に下げたカードキーを叩いた。それから少し不満そうに、

「僕が何かしたと？　事故死って聞きましたけど」

「一応お聞きしてるだけです」

「ふうん……殺されてたら嬉しいな」

予想外の発言にぎょっとしてしまう。棚のソフビを眺めていた倒理が振り返り、尋ねる。

「なんで」

「映画化できるから」橋爪は平然と答えた。「夭折したIT起業家の一代記。その死の真相は……なんて、売れそうでしょ？　でも、酔っぱらって溺死じゃねえ。コメディになっちゃいますよ。やっぱりオチは殺人じゃなきゃ」

「誰が犯人なら一番売れると思う？」

「そうですねえ。探偵役かな」

「なるほど、いい線だ」

にやにや笑う倒理。ため息をつく僕。

「そういうネタは出尽くしてませんか」

「出尽くしたネタというのが一番売れるんですよ。いつの時代もね」

また電話がかかってきて、敏腕プロデューサーとの面会は打ち切られた。

デスクの上には『ピュア・ラブ』の脚本らしきものがあったが、付箋一枚、折り目ひとつついていなかった。

〈クイック・エンタテイメント〉といえば、去年VRゴーグルでヒットを飛ばした企業である。本社ビルの前にはその〈アルゴ〉という商品の看板が掲げられていた。

僕らが見池初男をつかまえたのも〈アルゴ〉の真下で、彼はちょうど社用車に乗ったところだった。これから外出だが、五分だけなら時間を取ってもいいという。二人で車に乗り込もうとすると、社長は顔をしかめた。

「狭くなるからどっちかひとりにしてくれないか」

「そういうわけには。僕ら二人で一組なので」

「どっちかひとりに決めてもいいが、たぶん時間がかかるしあんたは次の予定に遅れる」

「……秋山くん、ちょっと外してくれ」

女性秘書が降り、入れ替わりで僕が社長の隣に座った。倒理は助手席。見池はタブレット端末をしまい、警戒するように眼鏡を直す。四十代後半、髪をカッチリと固めた面長の男だった。

「出光の件だろう？　今朝も警察に話したよ」

「何度もすみません。昨日プールを貸し切られたそうですね」

「休日（オフ）だったからな。友人を招いて遊んだだけだ。夕方にはもう解散した。おい、勝手に触らないでくれ」

ダッシュボードのテレビをいじっていた倒理が両手を上げた。

「あんたも勝手に触ったんじゃないか？　備品室のタッチパネルを」

「パネル？」

「プールの操作盤です。あのプールは、注水にも排水にも約八時間かかるそうです。あなたたちが解散したのは十六時で、プールが空になっていたのが零時。時間的に考えて、あなたたちが帰る前後に誰かがパネルをいじったはずなんですが」

「備品室なんてわざわざ開けないよ」腫（は）れ物に触るような言い方だった。「ひょっとすると友人のひとりがいじったのかもしれんが……いや、やはりないと思うな。子連れの者もいなかったし。とにかく、私はそこまで責任持てん」

「解散後はどこで何を？」

「家に帰っただけだ。朝まで外には出ていない。妻と娘が証言してくれる」

「子どもいんのか」と、倒理。「プールにゃ連れてってやんなかったのか？」

「今年中学受験なんだ。遊んでる暇なんてないよ」

父親は遊んでいたのに？　上流階級の暮らしは庶民には理解しがたい。

「出光さんはどんな方でした？　会員内で何かトラブルなどは」

「さあ。レイアさんは言い寄られて困っていたようだがね。私は出光とはビジネスライクに接していた。なんだ、彼が殺されたと思っているのか？」

「いろいろな可能性を検討しているところです」

「どう考えても事故死だと思うがね。ずいぶん無駄なことに時間を使うんだな」見池は小馬鹿にするように言い、腕時計を一瞥（いちべつ）した。「そろそろ降りてくれ。これから次世代機の打ち合わせなんだ」

五分にはまだ早いが、ごねるのはやめておこう。僕はドアを開け、秘書に席を譲った。巨大なＶＲゴーグルの看板が僕らに影を落としている。振り返って社長に尋ねる。

「次世代機はどんなハードなんです？」

「〈アルゴ〉をさらに小型化したものだ」見池はもうこちらを見ていなかった。「世界は常に動いてるんだよ」

僕ら二人を取り残し、車は走り去っていった。

プールに戻ったときにはもう日暮れで、警察も撤収済みだった。

バーの棚に並んだ銘柄をひやかしてから、問題の備品室を開けてみる。ホースにワイパーに洗面台、奥にはタッチパネル……映像で見たのと同じ雑多な小部屋だ。

「これ空気入れか？　ほしいな」

ホームセンターの客みたいなテンションで言う倒理。〈ラ・エサクタ〉の空気入れはよくあるシュコシュコ踏むやつではなく、交換式のボンベがセットされていて、ワンタッチで空気を注入できるタイプだった。僕は銀色で統一されたそれを眺める。たしかにかっこいいし、便利そうだけど、

「うちにあっても使い道ないよ」

「居間の鹿よりはあるだろう」

「あれ買ったのも君だけどね」

「自転車なかったか？　裏庭に置いてるやつ」

「あれは壊れてる。ちなみに壊したのも君」

「探偵が犯人のパターンだったか」

はいはい、とあしらって事件の話に戻す。

「考えたんだけど……会員の誰かと部外者の共犯って線はどうかな」

「共犯？」

「穿地は『犯行後にプールを出られないから部外者は犯人じゃない』って言ってたけ

どさ。出光を殺した部外者がこのプールにずっと待機し続けて、朝に会員が迎えにくれば出ていけると思うんだよ」

行きは出光とエレベーターに乗り、帰りはほかの会員と——というわけだ。単純明快だと思ったのだが、倒理の同意は得られなかった。

「おまえは大事なとこを忘れてるな。犯人は美影にトリックを発注してる。共犯者がいるならいまのおまえの方法とか、互いにアリバイ証言し合うとか、誰でも簡単に思いつく。わざわざ美影を頼らなくてもいいだろ」

「……じゃ、不可能専門の意見は？」

倒理はすぐには答えず、プールのほうに歩いていった。近くを漂っていたアヒルのゴムボートに手を伸ばし、引き寄せる。ひょいと乗り込むと、彼はタンポポ色の背中に寝そべった。

「何してんの」

「なんか疲れたから」

昼にあれだけ寝転がったのにまだ足りないのか。でもたしかに、僕も疲れていた。普段話さないような人たちと一気に話したから。

気まぐれを起こし、僕もボートに乗り込んだ。三〜四人乗りの大きさなので、倒理が寝ても端のスペースが余っている。どういう姿勢を取るか悩んで、結局体操座りにする。

アヒルは水面の揺らぎにしたがい、ゆっくりとプールを漂流し始める。ほのかな揺れが心地よいと同時になんだか切なかった。ほんの二、三メートル陸から離れただけなのに、世界に僕ら二人だけになったような気がした。

「遠隔殺人って線はどうだ」ふいに倒理が言った。「犯人は空のプールを満杯に見せかけて、出光が事故死するよう仕組んだ」

「見せかけるってどうやって」

「VRゴーグル」

「……え？」

「見池が言ってたろ、次世代機はさらに小型だって。それを『最新の水泳ゴーグル』とかなんとか騙して、出光にかけさせたとする。出光の視界には現実のプールとほぼ同じに作った精密なVR映像が映る。ロッカールームもドアの位置もプールの天井も現実のまんま。でもひとつだけ、プールの水位が違う。で、その光景を現実と勘違いした出光は空のプールに飛び込んで死ぬ。犯人は朝一でプールに来てゴーグルを回収する」

「…………」

　僕は天井を見上げ、その光景を想像した。

「じゃ、犯人は見池？」

「そう」

「感想を言ってもいいかな」

「なんだ」

「馬鹿らしすぎる」

「美影のトリックはいつも馬鹿らしいだろ」

「でもいつも実現可能だ。ＶＲはそこまで進化してないし、ゴーグルをつけるタイミングや場所は誰にも想定が……」

「言ってみただけだ」

　さすがの倒理もそれ以上推さなかった。徒労感がさらに増す。アヒルはクルーズを終える気になったらしく、プールサイドが再び近づく。

　僕は立ち上がり、倒理に先んじて陸へ飛び移った。だがそれがまずかった。重心が変わったらしく、ボートが大きく揺れたのである。

「あ」

巻き毛の相棒は重力に負け、姿を消し、そして水しぶきが上がった。

呆然としていると、ホラー映画さながらに足元に手が現れた。ざばりと倒理が体を持ち上げる。ほんの数秒の遊泳だったが、頭から靴の先までびしょ濡れだ。あはは、と思わず笑ってしまう。倒理は犬みたいに頭を振り、水滴をそこら中に飛び散らした。

「最悪だよもう、最悪」

「ゴムボートなんて乗るから」

「おまえが急に降りるから」倒理ははっと青ざめて、「このプール、死体が浸かってたんだよな」

「八時間前後ね」

「レイアじゃなくてもさすがに気持ち悪いんだが」

「シャワー浴びてけば？」

軽口のつもりだったが、倒理は実際に男子更衣室へ向かった。意外と繊細な奴である。まあ鑑識は済んでいるし、現場を荒らしても支障はないだろう。

更衣室は小さいシャワー室を二つ備えていた。ベンチに服を脱ぎ散らかし、倒理は右のシャワー室に入る。洗面台で服を絞ってやっていると、

「あっっっつ！」

賑やかな悲鳴。カーテンの向こうを覗くと、湯気の中で倒理が踊っていた。シャワーの根元、壁についたハンドルの設定温度が、一番高い六十度になっている。それに気づかずもろにお湯を浴びてしまったらしい。

「戻しとけよもおお」

「『ピュア・ラブ』の恋人くらい踏んだり蹴ったりだね」

「俺が目を覚まさなくなったらすみやかに殺してくれ」

ハンドルを適温に合わせ、倒理は体を流し始める。裸の首にはいびつな赤い線が這っていた。僕は何も答えずカーテンを閉めた。

洗面台に戻ってカットソーをまた絞る。鏡に映る自分の顔は免許証の証明写真みたいに乾いていた。シャワーの中から鼻歌が聞こえる。七〇年代の文化祭に似合いそうなポップなメロディ。チープ・トリックの『DOWNED』。

「あいつも馬鹿丁寧だよな、毎回犯行声明送ってくるとは」倒理がぼやく。「ふざけてんのか？」

「僕らに謎を解いてほしいのかも」

「ますます馬鹿だな」

鼻歌が再開し、二番の手前でまた途切れた。

「あいつ、いま、どこにいるんだ」

「さあ」

嘘ではなかった。美影がいまどこにいるかは知らない。

……でも、いつどこに行けば会えるかは知っている。

明日はちょうど木曜日だ。

4

神保町の路地裏には蒸された空気が淀んでいた。

久々だから潰れてるかも、という懸念は今回も杞憂に終わる。小さな古本屋は相変わらず、ビルとビルの隙間で肩を縮ませていた。判読不能な看板の字は一層薄くなったように見えた。

サッシ戸を開け、かび臭い棚の間を進む。その店はちょっと珍しい作りで、古本コーナーの奥で新刊も取り扱っている。

毎週木曜午後一時、その新刊コーナーに常連客が訪れる。長髪で潔癖症で笑顔が爽やかな二十七歳の男が。僕はときどきここに来て、その旧友に探りを入れたり、謎解きのヒントをもらったりする。

この情報はまだ倒理にも穿地にも教えていない。僕だけの成果。僕だけの秘密。僕と美影だけの――

「あれ？」

足が止まった。

新刊コーナーの前には誰もいなかった。

店の時計は一時ちょうどを指していた。まあ遅れる日だってあるだろうと思い、待つことにする。塩田武士の新刊が面白そうだったので、手に取って読み始める。

第三章まで読んでも客は現れなかった。

僕は本を閉じて、店主が新聞を広げているレジへ向かった。この店を発見して二年以上経つが、彼女に話しかけるのは初めてだった。

「あのー、毎週ここに来てたお客がいると思うんですが。こう、ちょっと髪の長い」

「ああ」老婆は半月眼鏡を押し上げ、「今日はまだ来てませんね」

キンキン声で答えた。

今日は、ということは先週までは来ていたということか。美影の性格的によっぽどのことがない限りルーティンを崩したりはしないと思うのだけど。僕は首をひねり、それから商品を持ちっぱなしなことを思い出し、気まずさを取りつくろうようにレジに出した。

「……どこ行ったんだろ」

僕のつぶやきは、ドロアーを開くチャリンという音にかき消された。

＊

〈社会学研究室D〉の〈社会〉に大きな×。上に手書きで〈共同生活〉。

ドアのプレートは記憶のままだった。ということは、ここはまだ教授の部屋なのだ。口元が綻(ほころ)んだ。ぼくはこういう、いつまでも変わらないものに好感を覚える。

三回ノック。「どうぞ」と返事。白髪の教授はデスクに向かい、紙の束に赤ペンで何かを書き込んでいた。顔を上げてぼくを見ると、彼は「やあ」とだけ言った。まるで昨日も会ったみたいに。

「レポートの採点ですか」

「追試のね」

「今年のゼミ生は何人出し忘れたんです？」

「全員だ」教授はペンを置き、肩を揉む。「ルンバ？　それともルーロ？」

「え」

「ロボット掃除機。便利かい？　うちも買おうか悩んでいて」

ソファーに下ろしかけた腰が止まった。

なんで、という脊髄反射を呑み下し、考える。……服かな？　今日はいてきたスラックスは先週ロビンに食いつかれたばかりで、裾についたしわがまだ取れてない。しわは左右対称に同じ形でついているので、たたんだ状態で掃除機に吸われかけたと推測が立つ、かもしれない。そしてぼくの几帳面さを知っている人間なら、ぼく自身がそんなヘマを犯すとは思わない。それにぼくは部屋に入ったとき、一瞬床に目をやった。ロビンと暮らし始めてからついてしまった癖である。動物を飼い始めたか、ロボット掃除機を買ったか。ぼくは動物が苦手なので、後者。ひょっとしたらほかにもいくつか手がかりがあるかも。

答え合わせはやめておいた。ぼくは探偵じゃないし、教授もそういうのいやがるし。

「ルンバです。かわいいですよ」

「かわいさは求めてないけれど。ああそうだ、これを食べていってくれ。賞味期限が近づいていて困っていたんだ」

最中らしきお菓子が二つ差し出された。淹れたての緑茶もセットで。天川教授はソファーに座ってぼくと向き合う。ぼくの現状は把握しているだろうに、予想していたような緊張感はない。

「怒らないんですね」

「怒られに来たのかい」

「いいえ。ただ……話がしたくて」

「では話を聞こう」

教授は湯呑に口をつけた。真夏なのに熱いお茶。この人の考えはいまだに読めない。

ぼくは最中を手に取り、包装紙を剝き始めた。皿の上に細かい粉がポロポロとこぼれた。

「久しぶりに、みんなに会おうかと思うんです。それで、謎を解こうかと」

「いいことだね」

「そうでしょうか」

「解かないほうがいい謎なんてこの世には存在しない」

「どうしてです？」

「謎を解くということは、選択肢が増えるということだから」

「逆な気がするけどな。だって謎解きって、答えをひとつに絞る作業でしょ」

「重要なのは答えの出し方ではなく、出した答えをどう扱うかだ」教授は淡々と話した。「たとえば、君が密室に閉じ込められたとする。ドアの鍵を見つければ、君は二つの選択肢を持てる。外に出るか、部屋に留まるか。鍵の使いどきは君の自由だ。だが鍵がなかったら？　君の選択肢は部屋の中しかない」

「……ずっと部屋にいるつもりなら、鍵は必要ありませんよ」

「でも君は部屋を出たくなった。だからここに来た」

ぼくはごまかすようにお茶をすすり、立ち昇る湯気を眺めた。選択肢。たしかに、五年前の事件はそういう事件だった。ある問題を解いたぼくらの前には、いくつかのドアが現れた。ぼくらはいろいろな形の鍵を見つけて、別々のドアを開けた。

「教授は、ぼくらの選択は正しかったと思いますか」

「まったく思わない」即答してから、教授は追試レポートが重なるデスクを見やった。「でも、学生(きみら)には毎年期待してないから」

「やっぱりちょっと怒ってますね？」

今度は教授がお茶をすする番だった。

天井から空調の低い音が聞こえる。夏休み中のキャンパスは葬儀場のように静まり返っている。最中の表面にはヒルガオの模様が刻まれていた。僕はあごの下に手を添えて、それを一口かじった。

「……ちょっと甘すぎますね」

「実はあと十個もあるんだ。半分持って帰ってくれない？」

5

夕方、新宿で倒理に拾ってもらった。パオの冷房は効きが悪く、車内は生ぬるかった。

「どこ行ってたんだ？」

「いや、ちょっと調べたいことがあって。でもはずれだった」

嘘はついてない。倒理は興味なさげに「ふーん」と返し、かかっていたFMを切った。僕らはそのまま〈ラ・エサクタ〉へ向かった。

出光の事件は昨日のうちに公表されたが、ビル側は取材を断っているらしく、集まった報道陣にも手持ち無沙汰感が出ていた。スルーして、地下の駐車場に車を停める。

「そうだ、プールに行く前に管理人さんと話したいんだけど。ちょっと調……」

「調べたいこと？」からかうようにかぶせられた。「そればっかだな」

「探偵ってそういうもんだろ……。君は何か調べないの？」

「自慢じゃないが、何を調べりゃいいかもまだ思いつかん」

「ほんとに自慢にならないね」

　管理人室には先客がいた。キャスケットにパンツルックの、スタイルのよい女性――玉越レイアだ。お忍び用のサングラスはあまり役に立っていない。彼女と矢沢さんの間には書類らしきものが広げられていた。

「ここと、あとここにサインを……はい、けっこうです」

「最後にもう一度上に行ってもいいですか。バーにキープしてるボトル、持って帰りたいの。もう捜査とかは済んでるんでしょ？」

「大丈夫だと思います」

「じゃ、お世話になりました……あら、探偵さん」

　レイアは僕らに気づき、帽子を軽く持ち上げた。

「退会手続きですか」

「ええ。ほかのプールを探すわ」

「こんないい条件の遊び場、なかなかないと思うがな」

「私が求める条件はね、溺れ死んだ人がいないこと」

それじゃ、と手を振って人気モデルは部屋を出ていく。ビル兼プールの管理人は何か言いたげにそれを見送り、続いて僕らに会釈した。

「今日はなんのご用です？」

「ひとつお聞きしたいことが」僕らは応接椅子に座った。「事件の夜、プールの見回りをしたんですよね。男女の更衣室にも入りましたか？」

「ええ、もちろん。更衣室も毎日見回ります。忘れ物がないかの確認と、軽い清掃と。あとシャワー室もチェックします」

シャワー。知りたかったのはそれだ。

「男子更衣室の、右側のシャワー室なんですけど。温度が何度に設定されていたか覚えていますか」

「さあ、それはちょっと……。全部、三十度に戻してしまうので」

「三十度？」倒理が聞き返した。「待った。毎晩あんたが戻すのか？」

「ええ。温度を変えたきり戻さない方が多いので。冷たすぎたり熱すぎたりすると、次の日使う方がいやがるでしょう？」

「事件の日の見回りでも……」

「戻しましたよ」

　事件当夜午前零時、矢沢さんはシャワーの設定を三十度に戻した。

　でも昨日、倒理が使ったシャワーは六十度になっていた。

「どういうことだ」倒理がつぶやいた。「見回りのあとプールに来たのは出光だけだよな。死ぬ前にシャワーを浴びたのか？」

「六十度のシャワーを？　もしそうなら、彼の酔いは醒めただろうね」

「これがトリックに関わってると思うか？」

「関わってるかも。でもトリック解明は君の仕事」

「よーし考えるからちょっと黙ってろ」

　巻き毛をかき上げ思案にふける倒理。他人事のように見守る僕。

　矢沢さんはそんな僕らを珍しそうに見比べていたが、ほっておこうと判断したのか、やがて日々の仕事に戻った。棚を整理し、ファイルに何か書き込み、電話に二、三言応答する。それからデスクの下のダンボールを開き、筒状の何かを取り出す——

「あれ？」「おい」

　二人同時に声が出た。矢沢さんは手を止め、目をパチクリさせた。

「何か？」

「それ……それ、いったいなんだ」

「これ？　ああ、交換用のボンベですよ。プールの空気入れの。出が悪くなってきたので、取り替えようかと。何日か前から思ってたんですけど、事件のせいで忘れてました」

恥じるように笑う矢沢さん。でも僕らの目は、ボンベに釘付けになっていた。正確には、ボンベの腹に貼られたシールに。

それはデフォルメされた水色のゾウで、すぼめた口から大きく息を吐いていた。商品のマスコットなのだろう。かっこよさとは正反対のファンシーさが、銀色のボンベのど真ん中でかなり目立っていた。

「矢沢さん……昨日見せてもらった映像、もう一度いいですか」

矢沢さんはきょとんとしつつ、スマホを僕らに向けた。映像が再生される。心配顔のアップ。空のプール。やりとりが交わされ、備品室のドアが開けられる。モップやホース、そして空気入れが映る。

昨日は気にしなかったが――そこにもたしかにゾウがいた。

どういうことだろう？　僕は時系列をおさらいする。推理の材料がそろった気がする。冷たい思考がプールの水面のように広がっていき、僕はその中に飛び込もうとする。

でも、実際にプールに落ちた奴には敵わなかった。

「何を調べりゃいいかわかった」気がつくと、相棒が立ち上がっていた。「あのプールの……あっ、まずい！」

急に叫んで、倒理は管理人室を飛び出した。わけのわからぬまま僕もあとを追う。直通エレベーターの中で短い説明を受けた。最上階に着くころには僕も慌てまくっていた。ホールを駆け抜け、プールへと続くドアを開ける。広々とした都会のオアシスに目を走らせる。

競泳水着に着替えた美女が、水に足をつけようとしていた。

「待った！」

大声が反響し、玉越レイアは振り向いた。倒理は息を整えてから、皮肉めいた笑みを返した。

「気持ち悪くてもう入れないんじゃなかったのかよ」

「いえ……その、私……」

「いますぐプールから離れてください。証拠を消されたら困ります」

「証拠？」

「誰が出光を殺したかっていう証拠だよ。誰がっていうか、この状況から考えてたぶんあんただな犯人は」

「な、何言ってるの？　証拠なんて何も……」

「いいや、あの中にたっぷり入ってるはずだ」

倒理は彼女から目をそらさぬまま、その証拠を指さした。

間抜けな顔で水面に漂っているアヒルのゴムボートを。

「あれで不足なら、あんたの近所のホームセンターを片っ端から調べさせてもらう」

「ネットの購入履歴も。きっと、僕らの予想どおりのものを買っているはずです」

「…………」

レイアは敗北を悟ったようだった。しかし泣き崩れたりはせず、腰に手を添えると、ランウェイに立った主役みたいに堂々と僕らを見返した。そしてぼそりと一言、

「賢いですね、探偵さんたち」

たしかにあまり嬉しくなかった。

6

山手通りの向こう側で揺らめく砂色のビル——目黒警察署の玄関から、三つの人影が現れた。

小坪くんと中年の刑事、そして穿地だ。彼女は部下たちと何か話していたが、僕らに気づくとひとりで信号を渡り、パオの後部座席に乗り込んだ。ハンドルにもたれていた倒理が顔を上げた。

「どちらまで？」

「どこでもいい」穿地は車内を見回して、「おまえらにしてはいい趣味だな」

「おっ、わかるかねこの良さが」

「ああ。かわいらしい」

僕らはそろって後ろを向く。女傑は軽く顔をしかめ、ココアシガレットをくわえた。

「証拠品は科研で分析中だ。玉越レイアも出光殺害を認めた。だが、どうやって殺したかはおまえらに聞けと言われた」

「教えるからさっきの台詞（せりふ）もう一回いいか」

「うん、録音しておかなきゃ」

「いま思い出したが、ここは駐車禁止だ」

……国家権力には逆らえない。倒理はエンジンをかけ、パイクカーを発進させる。

同時に謎解きが始まった。

「今回のは美影の仕事の中でも特に秀逸だ。っていうのはつまり、とびきり馬鹿馬鹿しいって意味だが」

「前置きはいい」

「じゃあ結論から。あいつが仕掛けたのはアリバイトリックだ。出光の死亡推定時刻は午後十時から午前二時の間。でも俺たちは、容疑者たちのアリバイを零時から二時に限定した。どうしてだ？」

「管理人が見回ってるからだろう。零時の時点でプールに死体はなかったのだから、零時以降に溺れ死んだとしか考えられない」

「いいや。出光は零時より前に溺れ死んでたし、零時の時点でプールの中にいた。ずっと水に浸かってたんだ」

「水に？　プールは空だったし、死体を隠せるような場所もなかったぞ。映像も残っ

……」

穿地の口からシガレットがこぼれ落ちた。ひらめくものがあったらしい。

僕は後部座席にスマホを向け、矢沢さんに送ってもらった例の映像を再生した。水が抜かれたプールの底には、もともと水面に浮いていたレジャー用品が散らばっている。浮き輪、ビーチボール、そして――

大きなアヒルのゴムボート。

「この中か!?」

さすがの穿地も大声を上げた。

「三～四人乗りだからサイズは充分。色も濃い黄色で中は透けない」と、僕。「死体が隠されていてもこのとおり、誰にも気づかれない」

「いや、だが……水に浸かっていたというのは」

「文字どおりの意味だ」と、倒理。「このボートは空気で膨らんでたんじゃない。水で膨らんでたんだよ」

呆然とする警部補に、太ももの上の駄菓子を拾う余裕はなかった。

車は目黒川を渡り、首都高速の高架下をくぐる。倒理と僕は交互に話す。

「レイアの犯行はこうだ。まず夕方、〈ラ・エサクタ〉にこっそり来る。備品室を開けて操作盤を〈排水〉モードにして一度帰る。零時に合わせて水を抜いとくわけだ」

「あの日プールを貸し切っていた見池さんたちがいつ帰るか、具体的な時間は彼女にもわからなかったと思う。でも朝から遊ぶなら、遅くとも夕方には疲れて帰るだろう、というくらいは予想がつく。それなら夕方からビルの前で張り込んでおけばいい。もしうまく帰ってくれなくても計画を延期すればいいだけだし」

「次に来るのは夜十時ごろ。プールに出光を呼び出して、バーの酒をしこたま飲ませる。レイアが水着で迫りゃたぶらかすのは簡単だったろう。で、出光が酔ってきたら、殴ったのかプールに突き落としたのかはわからんが気絶させる。そのあとはアヒルの出番だ」

なぜか僕の頭の中に、教育テレビの工作番組のテーマソングが流れた。

「彼女は鞄の中に、空気を抜いたゴムボート――〈ラ・エサクタ〉のアヒルボートと同じ商品を詰めていたはずだ。そのボートは横に大きく切れ込みが入れてあって、そこに水密ファスナーなどをつけて開閉できるようになっていたのだと思う。同じボートはネットですぐ見つかるだろうし、細工に必要な道具もホームセンターでそろえられる」

「で、レイアはその偽ボートに気絶した出光を押し込む。さらに備品室の水道からホースを引いてきて、ボートの中に水を入れる。プールの水と差が出ないよう塩素剤とかも加えたかもな。ボートが膨らんだらファスナーを閉じて密閉、出光はその中でわけもわからず溺れ死ぬ。あとは偽ボートをプールに放置して、本物のボートのほうは空気を抜いて鞄に詰めて、現場を離れる」

「水と死体が詰まったボートは重いから、もちろん水には浮かばない。でもあの現場に限っては心配いらなかった。何しろ矢沢さんが見回ったとき、プールには水がなかったんだから」

そう、それがこのチープなトリックのポイントだ。

ボートがあったのが床の上なら、怪しまれる危険もあったかもしれない。でもプールの底なら。浮き輪やビーチボールと一緒に散らばっていたなら。水に浮いていたはずだという先入観が邪魔をする。

「そのあとレイアは、零時から明け方までアリバイを作る」と、倒理。「だいたいできすぎだと思ったんだ、深夜にジムなんて」

「三度目にプールを訪れるのは翌朝。矢沢さんより先……たぶん六時か七時ごろ。そのころには水も充分溜まってるから、一度潜って、偽ボートのファスナーを開けて死体をプールの中に出す。偽ボートは水を抜いたあとたたんで鞄へ。入れ替わりで本物のボートに空気を入れ、水に浮かべて帰る」

車は井の頭通りとの交差点を通過した。穿地は回廊のような歩道橋を眺めてから、口を開いた。

「じゃ、死体はプールに八時間浸かってたわけじゃなく……アヒルのゴムボートに八時間詰まっていたのか」

「そういうこと」

「なんて間抜けな死に方だ」彼女はこめかみを揉んだ。「だが、なぜトリックがわかった？」

「プールの空気入れ」僕は答えた。「映像の中だと、空気入れのボンベにはマスコットのシールが貼られていた。でも事件後には剝がれていた」

僕らが備品室を開けたとき、銀色のボンベにはなんの遊び心もなかった。

「とすると、零時以降に誰かが剝がしたということになる。でもあの手のシールを剝がしたら、普通は多少跡が残るだろう？　綺麗に剝がす方法はかなり限定される。たとえば……」

「お湯で温めたとき」倒理が言った。「シールはお湯で剝がしやすくなる。生活の知恵だな。現場には証拠もあった。管理人はすべてのシャワーを三十度に戻したらしいが、俺たちが見たとき一ヵ所だけ六十度になってた」

「シャワーの温度なんてチェックしたのか？」

「何事も観察だよ穿地くん」

胸を張る倒理。ボートに乗ってプールに落ちたという歴史は隠蔽された。

「とにかく、温度がいじくられてたってこととボンベのシールが剝がれてたってことを合わせせると、零時以降、誰かがボンベに湯を浴びせたわけだ。シールはそのとき剝がれちまって、犯人がしかたなく持ち帰ったんだろう。さて穿地、ボンベを温めるのはどんなときだ？」

「……空気の出をよくしようとするとき」

「そう。スプレーやボンベの中身が切れかけたとき、温めると出がよくなることがある。これも生活の知恵だな。現に空気入れのボンベは切れかけだったそうだ。とすると犯人は、あのプールで何かを膨らませようと奮闘したってことになる。だが浮き輪やボール程度のもんならすぐ膨らむから、空気が足りなくなることはなさそうだ。大量の空気を必要とするのはあのボートくらいだろう。なぜボートに空気を？　一度空気を抜いたからだ。なぜ空気を抜いた？　それですり替えだと気づいた」

「ボンベの中身がないことに気づいたときのレイアは想像したくないね」と、僕。

「たぶんすごくあせったろうな。温めて多少出がよくなっても、完全に膨らませられるほどじゃなかったろうし」

「そう、だから後半は自分の息で膨らませたはずだ。ならボートの中にはレイアの呼気が詰まってるし、吹き込み口には唾液も付着してる。二週間プールに行ってないと証言してたレイアにとっちゃ困った証拠ってわけだ」

解説は終わった。車はいつの間にか初台まで来ていた。穿地がいまさらのように「どこに向かってるんだ」と尋ねる。

「事務所に戻んだよ」

「私を連れてか?」

「どこでもいいっつったのおまえだろ」

「……まあ、冷たいものでも飲んでいくとしよう」

この警部補、うちを喫茶店と勘違いしているのではないか。たしかにときどき勘違いした客も来るのだけど。変な事務所名のせいで。

「ところで穿地、殺人の動機なんだけど」

「ああ。レイアは出光に、とにかく間抜けな死に方をしてほしかったそうだ。それでこんな手の込んだ殺し方を」

「美影に発注したと」倒理がかぶせた。「なんでそんな恨んでたんだ。言い寄られてたからか？」

「いや……たぶん、プライドが許さなかったんじゃないかな」

僕はダッシュボードから、ビジネス書の決定版『クソ社会で生き残る』を取り出した。気づいたのは昨日、レイアが連行されたあとのことだった。意識の高さにたじろがず、もっと早く読んでおくべきだったかもしれない。

目次に並んだ章題は、

ほめられるのは当たり前――プロフェッショナルの心構え
出尽くしたネタが一番売れる――誰でもできるヒットの仕掛け
世界は常に動いている――無駄のない時間の使い方

などなど。

僕は出光公輝の死体の写真を思い出す。

彼がプールの底から見上げていたのは、天井に描かれた偽物の青空だった。

二十分ちょっとのドライブを終え、パオは事務所に到着した。

その音を聞きつけたのだろう、薬子ちゃんがドアを開けた。服装が高校の制服に戻っていて少しほっとする。穿地が挨拶（あいさつ）すると彼女はことさら喜んだ。なぜかなついているのである。

薬子ちゃんは僕らが車を降りるまで待ち、

「いいお知らせが二つと悪いお知らせがひとつあります」ややこしいことを言いだした。「どれから聞きたいですか」

「……じゃあ、いい・悪い・いいの順で」

「いいお知らせ。修理屋さんが来てエアコンが直りました」

「そいつはよかった」と、倒理。「ここを事故物件にしなくてすんだ」

「悪い知らせは？」と、僕。

「修理代がすごくかかりました」

「……事故物件になるかもな」

「心中にはまだ早いよ」

「もうひとつのいいお知らせは、依頼人がお待ちです」

僕らはぴくりと眉を上げた。それは本当に朗報だ。修理代の埋め合わせにもなるかも。

「どっちの依頼？　不可解（ぼく）？　不可能（とうり）？」

「両方兼ねた事件だそうです」

「面白そうだな。話を聞くか」

「面白くなくても聞くんだよ」

「私は帰ったほうがいいな」

「ええそんな！　キッチンで待っててください何か作りますから」

「いや、まだ仕事中だし……」

「フレッシュソーダの粉がありますよ」

「上がらせてもらおう」

なんやかやと喋（しゃべ）りつつ事務所に入る。三和土（たたき）にはよく磨かれたタウンシューズが一足、こちら側にそろえて置いてあった。どこかで見た気もするが、倒理が同じものを持っていただろうか？　二十代後半の男性の依頼人だと見当をつける。

僕はリビング兼応接間のドアを開け、

「お待たせしました。僕らが探偵の……」

そこで固まった。

蘇生したエアコンによって、リビングの空気は別世界のように冷えていた。でも温度差に驚いたわけじゃない。僕らに背を向ける形で、ソファーに依頼人が座っていた。

彼は暇つぶしのように、なつかしいロック曲を口ずさんでいた。

「フーンー、フーフン。フーンー、フーフン……」

チープ・トリックの『ELO Kiddies』。

鼻歌が途切れ、依頼人が振り向く。

糊のきいた淡白なシャツ。首まできっちり留めたボタン。肩までの長髪。

かっこいいというよりも美しいという形容が似合う、柔和な顔を僕らに向けて、

「よろしくお願いします、探偵さん」

糸切美影は微笑んだ。

ドアの鍵を開けるとき

1

現実離れした一言で、現実に引き戻された。

なべは冷め、会話も減り、気だるさが部屋に満ち始めた午前二時のことだった。うとうとしていた僕が顔を上げると、ずり落ちた眼鏡がカチャリと鳴った。美影はスミノフアイスの瓶を持ったまま飲み口をじっと見つめている。冗談を言ったようには見えなかった。

「マジかよ」倒理が口笛を吹いた。「じじいにたぶらかされたか？」

「そういうわけじゃないけど」

「よかったな穿地。同業者の誕生だ」

「警官と一緒にするな」穿地は梅酒の残りを飲みほし、「本気か？　いつ決めた」

「だいぶ前から。でも、言ったのはいまが初めて」

「いつもそうだ。私に何も相談しないで……」

ぶつぶつと不平を垂れる穿地。顔はだいぶ赤い。僕は眼鏡をかけ直し、美影に尋ねる。

「個人経営ってことだよね」

「うん。もう事務所名も考えてある」

「ひとりでやる気？　大変じゃない？」

「そうかな？」

彼は初めて気づいたとでも言うように首を傾げた。しばらく思案にふけり、瓶に口をつけてから、「そうかも」と自答する。

「じゃ、助手を雇おう。決はどう？　リクルート」

「仕事までおまえと一緒はごめんだ」

おっと穿地、いまのは失言だぞ。でも蹴られたくないので突っ込まないでおいた。

美影も答えは予想していたのだろう、特に残念がりもせず標的を変える。氷の女傑から巻き毛のひねくれ者へ。

「倒理はどう？」

「俺？」倒理は意外そうだった。正面の僕を指さし、「助手ならこの真面目くんのほうが向いてないか」

「おいこら」僕はその指をはたいた。「今日がなんの会だか忘れてるだろ」

「トルストイの百回忌だったか」

「僕の内定祝いだよ」

つい昨日、本命に受かったのである。穿地の進路もすでに決まっている。倒理は「愛媛に帰って適当に」などと言いながら、まだふらふらしてる状態だ。

そのせいで声をかけやすかったのか——それとも、最初からこの流れを狙っていたのか。美影は倒理のほうに体を寄せ、テーブルに頬杖をついた。そしていつもの柔和な笑みで、近所のコンビニまで連れ出すようなゆるい口調で、彼を誘った。

「一緒にやらない？」

「………」

「倒理と組んだら楽しいと思うな」

倒理はすぐには答えず、窓の外へ視線を流した。アパートの裏庭があるはずだが、いまは闇しか見えない。暗いガラスにはそのかわり、四人の学生の姿が映っていた。充電中の穿地の携帯が何かの通知音を立てる。僕は鍋の残りをつつく。

「事務所名、考えてあるっつったな。なんて名前だ」

「チープ・トリック」

白菜を噴き出しそうになった。なんだそりゃ。美影らしいといえば美影らしいけど。倒理も笑ったが、あきれたからではなさそうだった。彼は立ち上がると、冷蔵庫から最後のビールを取ってきてフタを開けた。

そしてゆっくりと、美影のほうに缶を突き出した。

＊＊＊

まず動いたのは穿地だった。

僕の脇をすり抜け、美影へ近づく。「久しぶり」とにこやかに手を上げる美影。穿地は同じように手を上げて、
彼の顔面に右ストレートを決めた。

美影はソファーの向こうに倒れ込んでから、三秒ほど間を置いて起き上がった。顔は笑顔のままだった。

「痛い」

「いままで」抑え気味の声は震えていた。「いままでどこにいた」

「どこって普通に都内だけど」

「〈チープ・トリック〉はおまえだな」

「あ、気づいてた？　よかっ……」

美影の姿がまた消えた。起き上がったときは笑顔が薄れ、鼻を押さえていた。

「二発目は予想してなかった」

「あと二千発は食らわせる」

「一日一発換算？　なら正確には千九百――」

三発目が入りそうになったので、僕は慌てて穿地を止める。気持ちはわかるがこれじゃ話が進まない。倒理には、穿地ほどの動揺は見られなかった。ぽりぽりと耳をかいてから、彼は呑気に挨拶した。

「よお。元気そうだな」

「鼻以外はね。倒理は？　元気？」

「最後に会ったときよりはな。薬子ちゃん、なんか飲みもん頼む。こいつ知り合いなんだ」

「ぼくホットコーヒーがいいな。深めのマグカップでお願いします」

美影が妙な注文を出す。ぼけっとしていた薬子ちゃんは我に返り、キッチンへ向かった。

倒理はソファーの定位置に腰を下ろし、僕もその隣に座る。穿地はまだ息を荒くしていたが、ひとりだけ立っているのも馬鹿らしいと思い直したのか、空いた席――美影の隣に乱暴に座った。

　沈黙が流れる。

　不思議と気まずい沈黙ではなかった。五年前唐突に消え、今日唐突に現れた友人。目を背け続けていた過去の襲来。僕らの間にはいくつものわだかまりがあり、昔みたいな関係ではもうない。

　それなのに、懐かしいと思ってしまう。

　この顔ぶれがしっくりくる、と思ってしまう。

「あの子助手？」

　美影がキッチンのほうを見た。「バイトだよ」と倒理が答える。

「ふーん、そう。あの鹿は？　剝製(はくせい)？　すごいね。たぶん買ったの倒理でしょ」

「氷雨(ひさめ)も乗り気だった」

　美影と僕の視線が合った。ほんの数秒、無言のやり取りを交わす。共犯者めいた微笑が彼の口元に浮かんでいる。僕はたぶん、うだつが上がらない顔をしていた。

「久しぶり、氷雨」

「あー……うん。久しぶり」

「その腕時計どうしたの？　ああそっか。なるほど」

何か勝手に納得される。弁解しようと思ったが、穿地に先を越された。

「で？　なぜいまさら顔を出した」

「謎解きの依頼だよ。だって、ここは探偵事務所でしょ」

「…………」

穿地は絶句したが、僕は驚かなかった。美影がここに現れた時点から――というよりも、美影が古本屋に現れなかった時点から、なんとなく予想はついていた。

僕ら四人が再びそろった、ということは。

謎を解くときがやってきた、ということ。

当然そうなる。そこは避けられない。心の準備がまだ、ということもない。僕の中では五年前からとっくに覚悟ができている。ただ、ひとり分ピースが足りなくて、今日まで話ができなかっただけだ。

いや――逆だろうか。

話をしたくないから、美影がいないことを理由にした。棚の上の埃（ほこり）を無視するように、解決を延期し続けた。

埃を払ったら何が起こるだろう？　ひどく咳（せ）き込むのはたしかだ。そのあとは？

何かが壊れてしまうのか、何も変わらずに終わるのか。わからない。わからないけど、もう逃げることはできない。

だから僕も、依頼人にこう返した。

「どんな事件でしょうか」

「五年くらい前の事件なんですけど。密室殺人——いや、密室殺人未遂です。鍵のかかった部屋の中に首を切りつけられた男がひとり。でもその男に施錠は不可能だった。さらに現場には、不可解なメッセージも」

「おい冗談は……」

「いいや。面白そうな事件だ」倒理が穿地を遮った。「話を聞かせてもらおうか」

ゲームに興じるように〝不可能専門〟の脚が組まれる。警部補はうんざりしたように肩を落とす。

薬子ちゃんが飲み物を持ってきた。トレーを置いてから、僕らに控えめに尋ねる。

「もしかして私、お邪魔ですか」

「いまだけはそうかも」

「じゃあ……今日はもう上がりますね。炊飯器、スイッチ入ってるので」

「おう。おつかれ」

「待った薬子ちゃん。飲み物ありがとう」

薬子ちゃんは笑顔でうなずき、エプロンをほどきながら出ていった。「いい子だね」と美影が言い、僕らは「ああ」とか「うん」と適当に返す。

トレーには美影用のマグカップがひとつと、ほか三人用のグラスが三つ。グラスの中は薄緑の炭酸水。穿地の希望どおり、昔なつかしの粉末飲料・フレッシュソーダを作ったらしい。

倒理を経由してグラスを受け取りながら、僕はまた懐かしい感覚を味わった。ゼミでもよくこんな配置で座って、こんなふうに資料を回していた。〝最後の課題〟が配られたときもたしかそうだった。

耳元に教授の声が甦る。

いま思えばその出来事は、実におあつらえ向きな前置きから始まった。

さて――

2

「さて。君たちは四年間このゼミで学んできたわけだが」

ディスカッションが早めに片付き、お茶を飲みながら講義終了のチャイムを待っていたときのことだった。教授からの不意打ちで僕らは雑談をやめた。

「ちょっと待った。やな予感がする」

「珍しく気が合ったね。僕もだ」

「ぼくらって何か学びましたっけ？」

「全国の銘菓には詳しくなったが」

　倒理が顔をしかめ、僕がうなずき、美影がほがらかに言い、穿地は長野名物のみすゞ飴をかじった。天川（あまがわ）教授は眉（まゆ）ひとつ動かさなかった。

「私の知る限り、銘菓の知識以外にもいくつか身につけたものがあるはずだ。一般に『社会』と呼ばれる共同体と、そこに根差す規範（ルール）について。ルールの違反事例と、それを取り巻く諸問題について。そして、あらゆる学問において最も基礎的な二つの技術について。すなわち――」

「観察と推論？」

　僕が答える。教授からのほめ言葉はなかった。

「その成果を見せてもらおう。手短に言えば――卒業試験だ」

　四人が同時にうめく。とはいえなかば予想していたので、本気の不平じゃない。窓の外ではイルミネーションの準備が進んでいる。ほかのゼミと比べて遅すぎるくらいだ。

ホチキスで綴じられた数枚の資料が配られる。内容はどうやら、連続通り魔事件だった。現場はすべて都内。二週間で三件連続している。被害者は——柴、雑種、それにドーベルマン。

「犬かよ」倒理が言った。

「危険だな。連続殺人犯の多くは、人を殺し始める前にまず動物に手を出す」

「よく学んでいるね穿地くん」と、教授。「犯人と背景を調べてくれ。期限は一ヵ月。私は助言をしない。君たち四人だけで解くんだ」

「それだけですか？」と、美影。「いままでとあまり変わらないですね」

「もうひとつ。この事件は、現在も警察が捜査中だ」

思わず資料に目を戻した。よく見ると、最後の事件の日付はわずか三日前だった。いままでの課題はすべて過去に解決済みの事件を扱っていて、真相を伏せられたまま教室内でディスカッションする、という形がほとんどだった。でもこれは違う。

現在進行中の、未解決事件。

三時限目終了を告げるチャイムが鳴った。固まって教室を出ようとしたとき、教授が美影と倒理を呼び止め、一枚の名刺を渡した。スナックのママめいた〈マダム・歌留多（ルタ）〉という名前が見えた。

「知人の仲介屋だ。余裕ができたら会ってきなさい」

「ああ、どうも。助かります」

「やっぱ、こういう業界でもコネみたいのってあるんすね」

「おそろしく狭い業界だ。全員が誰かしらとつながっている。そして全員がそれを疎（うと）ましく思っている。君たちもいずれそうなる」

教授はループタイの留め具を直し、次の教室へ歩いていく。僕らは四人とも次が空きコマで、学食に移動することが多く、その日もそういう流れになった。

「仲介屋って何人いるんだ？」「国内には十人ちょっとらしいよ」「ほんとに狭えな」

話しながら階段を下りていく二人の背中を、ぼんやり眺める。隣で穿地がぼそりと言う。

「探偵コンビには見えないな」

「鹿撃ち帽を贈るべきかも。卒業記念に」

「やめておけ。喜ばれそうだ」

二ヵ月ほど前。四人で飲んでいたとき、美影は「探偵になる」と言いだした。

彼は倒理を助手に誘い、倒理はそれを承諾した。

二人はいま、開業のための準備を進めているところだ。突拍子もない話だけど、天川教授のもとで学ぶうちに、僕らは探偵業界のことにもある程度詳しくなっている。だからたいして驚きはしなかった。それに美影は、僕らの中で一番優秀だ。彼ならいい探偵になれると思う。……倒理がうまく助手をやれるかは、微妙だけど。

穿地も進路は決まっている。卒業後は院に進んで、そのあとは警察学校、そして警視庁。去年から導入された特待制度を狙っていて――というか、ねじ込まれることがほぼ決まっていて、四、五年後には警部補あたりの地位にいる予定だという。なんとも華麗な出世ルートだが、未来のことを話す穿地はいつも煩わしそうだ。警察一族に生まれるとそれなりに苦労があるらしい。

僕？　僕は普通に就職。製薬会社の営業部。ゼミの雰囲気も、この面子でいるのも好きだけど――僕は、三人ほど謎浸りの人生は送りたくない。

もっと無難な生き方でいい。

学食の片隅を占領して、僕らは資料を読み込んだ。

通り魔の犯行には法則性があった。現場は三件とも文京区内。日にちは一週間おき。時間は深夜。そして凶器はボウガン。改造した強力なものを撃ち込み、犬を無力化してから、ハンマーなどでさらに暴行を加えて殺す……という手口らしい。添付写真には、腹に矢を突き立てた被害者たちが写っていた。逆立った毛並みが血のワックスで固められている。先ほど「犬かよ」と馬鹿にしていた倒理も一転、眉をひそめた。

「ガキのしわざかもな。馬鹿な中二病のガキ」

「にしては犯行が周到だ。証拠を残していないし、防犯カメラも避けている」

大人がボウガンなんて使うか？　いや中高生に改造できるとは……議論を交わす倒理と穿地。僕は探偵のタマゴに話しかける。

「三件とも同一犯？」

「矢が同種だし、そこは間違いないだろうね」美影は資料をめくり、ある部分に着目した。「最初と次の被害者は野良犬だけど、三番目は飼い犬だ。庭の犬小屋から連れ出して近所の公園で殺害してる」

「まあ最近は野良犬も少ねえし」

「だからといって飼い犬を狙うのは難易度が高いぞ」

「犯行に慣れてきて大胆になった、ってことかな？」

「どうだろう……でも、飼い主に話を聞けば何かわかるかも」

ちょっと声が大きかったようだ。隣のテーブルでは、軽音サークルの面々がまずそうにラーメンをすすっていた。

3

「ブッチという名前でした。古い漫画から取ったんですが」

「じゃ、さぞかし足が速かったろうな」

倒理が言うと、飼い主は「若いのに詳しいですね」と笑った。寂しさに囚(とら)われた笑い方だった。彼自身もどちらかといえば若い。杉好宏伸(すぎよしひろのぶ)、三十五歳。上野の楽器店の店主だという。

自宅は千石の住宅街で、奥さんとの二人暮らし。家のすぐ前には小さな公園があり、飼い犬の死体はそこで発見された。藁(わら)にもすがる思いらしく、事件を調べていると話すと学生でも快く招き入れてくれた。ダマスク柄のリビングの壁には愛犬との写真が多く飾られていた。

「最初は捨て犬だったんです。スーパーの裏で拾いました。妻と婚約する前から一緒で。犬小屋もだいぶ狭くなったね、体が大きくなったからね、なんて話していて……今週新しいのに替える予定でした」

「犯行は深夜でしたね」と、穿地。「お二人はこの家に？」

「ええ、就寝中でした。……僕らは何も気づけなかった」

「庭に防犯装置などは」

「ブッチが門番がわりでした」

「賢い子だったけど、ちょっと人見知りでね」横に座った奥さんが語る。「知らない人が庭に入ると、誰彼かまわず吠えちゃう癖があったの。寝てるときでもすぐに飛び起きて」

「事件の夜は吠えなかったのか？」

「警察の方は、犯人が吠えられる前にボウガンを撃ったのだろうと言ってました。犬小屋の周りに血痕が」

倒理の疑問に答えてから、杉好さんは顔をうつむける。

「僕らにはまだ子どもがいないので、ブッチは家族同然でした。もっと長生きしてくれると思ってたのに、なんでこんなことになったのか……。もし犯人が見つかったら」

――殺してやりたいです、と。

振り絞るような遺族のつぶやきは、しかしはっきりと耳に届いた。奥さんがいたわるように背中をさする。僕らは視線をそらしたり、気まずそうにコーヒーをすることしかできなかった。ゼミでは資料と格闘するばかりで、こうした場面には慣れていなかった。

そんな中、

「あれってレスポールですか」

それまで黙っていた美影が言った。指先を追うと、奥の部屋に年代物のギターが飾られている。ええ、と杉好さんが答える。

「オリジナルですか？　本物？　すごいなあ。二千万くらいするでしょう」

「売る予定はありませんけどね……。店のお得意さんから譲ってもらったんです」

レスポールなら僕も知っていた。ギブソン社の名作モデルで、オリジナルは世界に千五百台ほどしかなく、プレミア価格がついているのだという。本来なら自慢の品なのだろうが、愛犬を失った男にそんな余裕はなさそうだ。

美影はカップを空にしてから、気まぐれのように席を立った。

「お庭を見せていただけますか」

庭は玄関の側にあった。芝生といくつかのプランター、そして犬小屋。そんなに広くはないが、すぐ前が公園なのでブッチは遊び場に困らなかっただろう。

犬小屋はありふれた屋根つき・箱型タイプで、箱の短いほうの面に入口が開いている。その入口の真正面には家の門がある。門扉との距離は三メートルほど。ちょうどポーチライトに照らされる位置で、杉好家では毎晩点けておく習慣だったという。

「ウィリアム・テルじゃなくても狙撃はしやすかったわけだ」

倒理が言う。口ぶりと裏腹に表情は渋い。

僕は犬小屋の前にしゃがみ込んだ。サイズはたしかに小さめで、中を覗くと奥に血痕が残っていた。血はさらに僕の足元、そして門の前にもついている。発見時は道路を横切り、公園のベンチの裏まで続いていたという。

僕はその光景を想像する。深夜、庭の外からボウガンを放つ犯人。きゃいんという か細い悲鳴は誰にも届かぬまま終わる。そいつは庭に入り、ぐったりしたブッチを外へ引きずり出す。朝、杉好さんはブッチの散歩に行こうと玄関を開ける。ところが犬小屋は空で、血痕が外へと続いている。彼はそれを辿り、公園に入る——

「御殿場が正しいかもしれない」穿地がつぶやく。「子どものしわざだ。こんなのは、まともな大人のすることじゃない」

美影は応えず、死体の写真を見返していた。ベンチの裏で発見されたブッチ。枯葉の中に横たわり、腹の側面に黒い矢が突き刺さっている。カーボン製で、肉に食い込んだ分を差し引いても充分に長く、矢尻にはオレンジ色の羽がついている。

「杉好さん」美影が飼い主に尋ねた。「ブッチが吠えなかった相手は何人いますか」

「え？　ええと、私と妻と、友人の杵塚という奴。それに郵便屋さんと、近所の福原さんと……」

　杉好さんは指折り数え、六人ほどの名前を挙げた。美影はそれを資料の端にメモった。

　そのあとは公園に移動したが、特に得るものはなく、僕らの実地調査は終わった。礼を述べ、杉好さんと別れる。

　彼が家に戻るのを見届けてから、美影が振り返った。

「捜査会議を開こう」


　そのころ、僕らの集合場所といえば倒理の部屋と決まっていた。

　理由は全員の最寄駅のちょうど中間にあるから。それだけ。上北沢にある安アパートの一階一〇三号室、五つ並んだドアのうちの真ん中の部屋である。玄関横に風呂場とトイレ、台所を抜けて奥に一間という間取りで、一応六畳あるようだが偽装広告ではと思うほど狭い。ひどく散らかっているせいだ。愛媛の実家から届いたきり放置されている服などの箱。古本屋で買い集めたきりほぼ手をつけていない本の山。押入れの前にはくしゃくしゃの布団。潔癖症の美影が毎回片付けるのだけど、三日後に行くとまた元に戻っている。

ほかにも不満なところはいくつかあって、たとえば部屋にはエアコンがない。冬は電気ストーブだけでしのぎ、夏は中古屋で買ってきた扇風機をきっちり二ヵ月で使いきる。あとコーヒーサイフォンがあるのに電気ケトルがない。バイトして買ったラルディーニのコートがしまむらのジーパンと一緒にハンガーにかかっているのもなんだかムカつく。壁かけ時計がダース・ベイダーのマスクの形なのも見づらいのでやめてほしい。それと、窓にカーテンがない。大きな掃き出し窓なのだが、外から中が丸見えである。見られて困るものはないと本人は豪語しているが着替えのときなどどうするのだろうと思う。まあ窓の向こうはアパートの裏庭なので、人はほとんど通らないのだけど。

もうひとつは、鍵だ。倒理は一本しかない自室の鍵を、部屋の真ん中にぶら下げている。電灯の紐(ひも)の先に百均のフックをくりつけ、そこにキーホルダーの輪をひっかけているのである。下駄箱の上とかだと絶対なくす、ここなら絶対なくさない、というのが彼の持論で、たしかに見つけやすいとは思うが、テーブルを囲むたびぶらぶら頭上で揺れるので気になってしまう。鍋の最中汁の中に落ちたこともある。鉄分が取れるぞよかったな、と言いながら倒理は鍵をつつき回すのだった。

本当に、よくわからない奴だと思う。

そういうわけで、その日も僕らはよくわからない奴の部屋に寄り、正方形のローテーブルを囲んで座った。頭上ではいつものように銀色の鍵が揺れていた。

「犬小屋の奥から公園まで続いてた血痕。あれ、どうやってついたものだと思う？」

卓上に資料を広げ、美影は話し始めた。

「どうって説明されたろ。ボウガンで撃たれた傷から垂れたって」

「そうだね倒理。その仮説によれば、ブッチは犬小屋の中で寝ていたところを狙撃されたわけだ」

「ああ。犬小屋の正面は門だったろ。狙撃は可能だ」

「でも」と、美影は死体の写真をかざし、「矢はブッチのお腹の側面に刺さっていた。正面から犬小屋を狙撃して、お腹の横に矢が刺さるなんてありえるだろうか？」

僕ら三人は顔を見合わせた。

犬小屋は小さく、ブッチの体は大きかった。ブッチは横に寝そべることができず、入口に顔を向ける体勢でしか寝られなかったはずだ。

ならば、矢を真横に当てることはできない。

できなかったとすると——犬小屋の中に血痕が残るわけがない。

「ブッチは外で寝ていたのかもしれない」穿地が指摘した。「犬小屋が狭かったならそれもありえる。そこを狙撃されて、驚いて、犬小屋に逃げ込もうとした。そのとき小屋の奥に血が垂れた……というのはどうだ」

「それもありえないよ決（きまり）。なぜなら、お腹の横に刺さった矢が入口につっかえてしまうから」

美影はあっさり反論した。たしかにそうだ。矢が刺さった状態では、ブッチは犬小屋の奥まで入れない。

倒理が自分の髪の毛をつかんだ。考えごとをするときの癖だ。

「じゃ、犬小屋についてた血はなんだ？」

「つくはずのないものがついていたのだから、偽装ということになる。実際には犯人は、ブッチを無傷のまま公園に連れ出したんだろう。そこでボウガンなどを使い殺害。そのあと、無理やり引きずったように見せるため、わざと庭に血を残した」

無傷のまま公園に連れ出した。

吠えられず、抵抗されることもなく、深夜に連れ出すことができた。

ということは、

「……犯人はブッチが吠えなかった相手だ」

「一歩前進のようだね」

どこかの教授のように、美影は僕にうなずきかけた。倒理はぽかんとした顔で隣の相棒を見つめていた。

「おまえ、意外といい探偵になるかもな」

「そうでなきゃ君が困るだろ？」

めまいがしそうな清々(すがすが)しさで、美影は答えた。


ブッチが吠えない相手は、杉好夫妻を含めて八人いた。僕らは彼らの生活範囲を回ったり、こっそり職場を訪ねたりし、ひとりずつアリバイを調べていった。

数日後、再び倒理の部屋に集まって結果をすり合わせた。すると、事件が起きた過去三度の時間帯すべてにおいて、アリバイのない者がひとりだけ浮上した。

杉好宏伸の友人、杵塚実(みのる)。

西日暮里在住、独身。職場は五反田。個人で輸入業を営んでいるという。

「仕事柄改造ボウガンも入手しやすいだろう。こいつだ」

「一週間で済んだか。楽な課題だったな」

穿地が確信とともに言い、コーヒーを淹れてきた倒理が雑感をこぼした。期限はまだ三週間残っている。たしかに思いのほか平易な卒業課題だった。

バッグス・バニーがプリントされた客用のマグカップが配られる。飲みごろまで冷めるのを待ちながら、僕はふと口にした。

「でも、どうして犬を殺したんだろ」

「ちょっと歪んだ趣味なんだろ、この杵塚って奴は」

「友人の飼い犬を狙った理由は？　快楽目的ならわざわざ身内に手を出さなくてもいいだろう。何か個人的な恨みが……」

「本人に聞けよ」うっとうしがるように、倒理に手を振られた。「おまえってけっこうそういうとこ気にするよな。動機とか理由とか」

「いや、普通気にするでしょ」

「氷雨は優しいからね」

いい笑顔で言ってのける美影。僕はごまかすようにコーヒーをする。

「ところで、私たちはどうする？」穿地が話を戻した。「進行中の事件において犯人の目星がついたんだ。ゼミ発表して終わりとはいかないだろう」

「たしかに……早く捕まえないと、また次の事件が起こるかも」

「捕まえるったってまだ証拠もねえだろ。できんのか？」

「教授に一任するって手もあるけど……」

誰にともなく、僕ら三人は美影の意見をうかがった。僕らの中にリーダーはいないけど、今回糸口をつかんだのは彼だ。方針を決める権利がある。

探偵のタマゴは、マグカップの湯気をくゆらしながら思案にふけり、

「ぼくも動機が気になってきた」やはりいい笑顔で言った。「本人に聞きにいこうか」

4

「わるいね。ソファー、処分しちゃって。ちょっと待ってて」

僕が杵塚実と会ったのはこの一度きりである。

たいして強烈な人物じゃなかったし、交わした言葉も多くない。けれど僕は、彼のことをよく覚えている。僕が初めて出会った〝犯人〟のことを、鮮明に記憶している。

フレンドリーで気安そうな男だった。ソフトモヒカン風の頭にちょっと低めの鼻。昔はスポーツマンだったのかもしれない。肩幅が広く、あごには割れていたころの名

残(ごり)がある。杉好さんの同級生だそうだが、そうした特徴のせいで友人よりも若く見えた。

　パイプ椅子が四つ広げられ、僕らは彼のデスクを囲むように座った。小さな事務所には梱包(こんぽう)済みのダンボール箱が目立っていた。

「引っ越されるんですか」

「うん、再来月に。アメリカに拠点を移そうと思って。いまも年の半分は向こうだしね。にしても、春大生かあ。キャンパスは？　桜上水？　なつかしいなあ。僕は明大前でね、そう二つ隣の。よくそっちの学食にも潜り込んだよ。時計台カレーってまだある？　あ、そう。あはは」

　ひととおり世間話が続く。僕らは機械のように相槌(あいづち)を打つ。

「で、商学部のゼミ生って話だけど……」

「すみませんそれ嘘です」さらりと美影が言った。「本当は社会学のゼミです。事件について調べてます」

「じけん？」

「文京区連続ボウガン魔事件」

　倒理がついさっきエレベーターの中で決めた名前を告げた。杵塚はいたましそうに首を振った。

「ああ、杉好のペットがやられたっていう……。本人から聞いたよ。ブッチとは僕も何度か遊んだことが。残念だ、すごく。でも、なんで僕に？」

「なんでだと思います？」

したたかに返してから、美影は推理を語り始めた。その間、僕はそわそわとオフィスを見回していた。自分でもどうしてかわからなかったけど、ボウガンやハンマーを警戒していたのだとあとになってから気づいた。

杵塚は商談相手と交渉するような目で、真剣に話を聞いていた。すべて聞き終えると、デスクの上のモダンアート風の置き物に手を伸ばし、弄ぶように撫でた。

「僕の仕事は、個人の輸入業だけど——軌道に乗ってる」

「みたいですね」

「君たちは、ビジネスで一番大切なものってなんだと思う？」

「…………」

「信用だよ」

男は人懐っこい笑顔を浮かべた。

「いまの話を伝えても、警察は信じないいんじゃないかな。僕には前科もないし、物的証拠もない。ブッチはたまたま吠えなかっただけかもしれない。ぐっすり眠ってて起きなかったとか。それか、オモチャか何かで釣られたとか」

「ブッチは賢い犬だったそうです」僕はすかさず言った。「そんな手にひっかかるとは……」

「賢いったって犬だろう？　どう動くかなんて誰にもわからないさ。とにかくいまの話だけじゃ、僕がやったとは決めつけられない」

それに——と杵塚は僕らを見回し、

「僕には動機がない。なぜ犬を殺したりするの？　それも親友のペットを？　ありえないよ、僕はそんな人間じゃない」

「そうですね」美影がうなずいた。「ではもちろん、レスポールが盗まれることもないでしょうね」

そこで初めて、男の顔に動揺が走った。その推論は僕らにとっても初耳だった。

「あなたも知っているでしょ？　杉好さんの家の高級ギター。けっこう無防備に置いてあって、ぼくも驚いちゃいました。一ヵ月後か二ヵ月後、ほとぼりが冷めたころにあれが盗まれたとしましょう。もしブッチが生きていたら？　杉好さんはこう考えるはずです。『泥棒が入ったのに、なぜブッチは吠えなかったのだろう？』。この手がかりはまずいですね。犯人にとってはとてもまずい」

「……何が言いたいんだ」

「あなたはそんな人間かもしれない、と思ったんです。犬が邪魔だから犬を殺す。一匹だけでは目立つので、ほかにも何匹か通り魔に見せかけて。チープだけどうまい手です。ボウガンなんて珍しい凶器を使ったことにもこれで納得いきます。同一犯だと思われなければ意味がなかったからです」

「で？」杵塚はいらだちを滲ませた。「何度も言わせないでくれよ、証拠がないだろ。僕は犯人じゃない。仮に犯人だとしても、そんなに悪いことなのか？　たかが犬じゃないか」

　吐き捨てられた最後の一言に、大きな感情は込められていなかった。それはたぶん失言でもなんでもなく、ごく自然に口から出たごく普通のつぶやきにすぎなかった。

　だからこそ、僕らは確信を持った。

　――ああ、こいつだ。

　この男が犯人だ。

「俺たちはあんたを見張ってる」倒理が言った。「杉好の家には近づかせない」

「ご自由にどうぞ。どっちにしろ再来月にはアメリカだ。近づきたくても近づけないよ」

杵塚は引き出しからチケットを取り出し、僕らの前で振ってみせた。二月十八日、二十二時発、ボストン行き。その事実はむしろ、美影の推理を補強しているように思えた。ギターを盗んだ直後に高飛びすれば、捜査の手も及びづらい。アメリカなら買い手探しも楽だろう。

本題のあとの世間話はもう必要なかった。僕らは杵塚の刺すような視線を背に浴びながら、無言でオフィスをあとにした。

エレベーターに乗ってから、美影が派手なため息をついた。

「失敗した……。レスポールの件は言わなきゃよかった。泳がせておけば、盗みに入ったとき現行犯で捕まえられたかも」

「いや」と、穿地。「泳がせればさらに何匹か殺される可能性もあった。これでよかったんだ」

「よくねえよ。犯人野放しじゃねえか」

「……いまの僕らには、これが限界だよ」

僕が言い、倒理は不満そうにポケットに手を突っ込む。

微細な振動とともに僕らは地上へ降りていく。エレベーター内の鏡には無力な四人の学生が映っていた。

そういうわけで、初めての実地課題は華麗な着地とはいかなかった。とはいえ着地は着地だ。僕らは次の一週間で結果をまとめ、年内最後のゼミでそれを発表した。天川教授の感想は簡潔極まりなかった。

「合格点だ。卒業おめでとう」

「犯人は……」と、穿地。

「警察には伝えておく。だが証拠の少ない案件で、捜査の優先度も低い。期待はしないほうがいい。さて、このゼミは今日で最終回だ。最後まで私のもとで学んでくれてありがとう」

「ぼくら、いい学生でした？」

「普通だよ」教授は美影に答えてから、ついでのように、「片無くん、新卒ならプレーンノットで充分だ」

僕が今朝ネクタイの結び方を練習していたことを見抜き、去っていった。自分の首元に触れると、ボタンダウンシャツの襟のボタンが片方外れていた。「普通」というのは教授と比較してだろうか。それとも歴代のゼミ生と比較してだろうか。答えは五年経ったいまでもわからない。

結局そのあと、杵塚実が逮捕されたという話は聞かなかった。杉好家のレスポールが盗まれたという話も。

この一件で僕らはいろいろなことを学んだ。どんな小さな事件でも追いかける価値があること。捜査の現場には常に憤怒と悲哀が渦巻いていること。そして、捕らえきれない犯人がいること。ひょっとすると教授はすべてお見通しで、だからこの事件を選んだのかもしれない。

年が明け、冬休みが終わると、いよいよ卒業を残すだけになった(倒理と美影は取りこぼした単位に苦しめられていたが)。僕の意識は新生活へ移り、天川ゼミや卒業課題は早くも思い出の一部になりつつあった。

でも。

本当の〝課題〟はここからだった。

5

〈19時半今日　リベラ・デル・ドゥエロあり　食材なし〉

メーリスの送り主は〈御殿場倒理〉。リベラなんとかについて調べるとスペイン産の赤ワインだった。

僕は十九時十分に上北沢で降り、駅前のスーパーで長ネギとしめじと鶏モモ肉を買い、道すがら穿地・美影と合流した。二人は仙川と調布に住んでいるのだが、今日は同じ成城石井の袋をぶら提げていた。僕はほう、とうなずき、美影はあははと笑い、穿地は無言で僕の脛(すね)を蹴(け)った。

アパートに着いたのは十九時半ちょうどだった。僕ら三人はいつも時間に正確である。

「もう来たのか？」

唯一ルーズなのがこの男。ドアを開けた倒理はあくびしながら目やにをこすっていた。

「全員参加か。おまえら暇だな」

「お昼寝中の君ほどじゃないよ」

「今日の主旨は？　なんの会？」

「えーと、ゼミ修了記念。まだやってなかったろ。あと『ペンギン・ハイウェイ』のSF大賞記念。何買ってきた？」

「私と糸切は鶏モモ肉だ。片無は……」

「鶏モモ肉」

「バラエティ豊かで嬉しくなるな」

「シェフの腕の見せどころですよ」

「見せてやるから誰か厨房を片付けてくれ」

ぐたぐた喋りつつ部屋に上がる。シンクに溜まった洗い物は美影の手で一掃された。シェフは頭に寝癖をつけたまま、鶏肉を切ってボウルにあけ、何やら下準備に取りかかる。手伝おうとすると追い払われることを知っているので、僕らはおとなしく座って待つ。穿地が実家めいた気楽さでヤンヤンつけボーを食べ始め、僕もそれを一本もらう。

ゼミ修了記念、か。

この部屋にこの四人で集まる機会は、もう残り少ないかも——とぼんやり思う。それでも寂しさは感じなかった。卒業後も全員都内を離れることはなさそうだし、倒理と美影なんて一緒に仕事をするのだ。この四人なら卒業後も、なんだかんだと理由をつけて集合するに違いない。

台所から食欲をそそる香りが漂ってくる。まもなく倒理が大皿を運んできた。安売りの鶏肉は地中海風ガーリックソテーとキノコ添えバルサミコ煮込みに化けていた。

ワインを開け、グラスに注ぎ、アオヤマくんに乾杯する。でも『ペンギン・ハイウェイ』の話は特にしなかった。天川ゼミの話も。僕らの意識はすでに、春からの新生活に移っていた。

「仲介屋、会ってきたの？　マダムなんとかって人」

「会ってきた。マダムって感じの人だった。なんかぼく気に入られたかも」

「だいぶ胡散くさかったが、まあじじいのお墨付きなら大丈夫だろ」

「穿地刑事が仕事を回してくれれば一番助かるんだけど」

「甘えるな」

「ですよね」

「で、事務所はどこにする気だ」

「いま探し中。新宿にしようかと思ってて」

「なんで新宿？」

「それっぽいだろ。府中で開業する探偵がいるか？」

「またそんな適当な……」

リベラ・デル・ドゥエロの味はよくわからなかったが、倒理の料理は美味かった。

箸(はし)が動くたびワインは減り、ワインが減るたび夜は更けた。

やがて時計が零時を回った。

「十八日か」という倒理の一言で僕はそれに気づいた。たしかに日付が変わっている。でも、なぜわざわざ言及したのか。僕らが倒理のほうを見ると、

「杵塚の出国は今日だ」

彼はそれを待っていたように告げた。

杵塚の事務所で見せられた搭乗券。そういえばあのチケットには、今日の日付が書かれていた。

「ずっと考えてたんだが……奴が犯人だって教えなくていいのか」

「教えるって、誰に」

「遺族に。つまり、杉好宏伸に」

氷水を浴びせられた気分だった。

千石の小さな家でのやりとりを思い出す。僕らと向き合い、悲嘆に暮れていた杉好さんの姿を。語られた愛犬の思い出と、最後に漏れた一言を。

もし犯人が見つかったら——殺してやりたいです。

「教えなくてもいい」

反射的に答えていた。倒理は不満げにかぶりを振る。

「杵塚は、あいつはろくな奴じゃねえぞ。話してみてわかったろ？　金のために盗みを計画してそのためだけに犬を殺した。杉好の犬だけじゃなくほかにも二匹な。クズ野郎だ。出国すりゃ直接会うことも難しくなる。教えるなら今日が最後のチャンスだ」

「いや、でも……」

「私も反対だ」穿地が僕にかぶせた。「杵塚がやったという確たる証拠はない。それにもし教えたら、杉好さんは軽率な行動を取るかもしれない」

「取るかどうかは杉好の問題だろ。俺らに決める権利があるか？」

「私たちの仕事は犯罪を防ぐことだ。起こすことじゃない」

眼鏡の奥で冷たい信念が燃えていた。彼女らしい、ぶれない意見だった。

最後に残ったひとり――美影のほうを向いた。

「二対一か」倒理は巻き毛をかき上げてから、「おまえはどうだ？」

美影はきょとんとした顔で相棒を見返した。話を振られるなんて予想外、とでも言うように。グラスの底に澱のように残っていたワインを飲みほすと、彼はいつもの笑みを浮かべた。

「黙っておこう。三対一。はい、これでこの話は終わり。お酒なくなったね。何か新しく開けてもいい？」

倒理は応えない。問いかけるような目で美影をにらみ続ける。美影も笑顔を崩さなかった。

「本心かよ」

「もちろん」

「……そういやまだ聞いてなかったが、おまえ、なんで探偵になろうと思った？」

「素質があると思ったから」

「素質？」

「ぼくは身軽なほうが好きなんだ」

壁のハンガーには三人分のコートがかかっている。僕と倒理と穿地のコート。美影はマフラー一枚巻いてきていない。

「だから余計なものは背負わない。倒理も、ぼくと同じだと思ったんだけど」

「…………」

倒理は酒くさい息を吐いてから、「そうだな」とつぶやいた。それでこの話題は打ち切られた。

美影が立ち上がり、冷蔵庫から缶チューハイを取ってくる。場違いな鼻歌、チープ・トリックの『Stop This Game』とともにフタが開けられる。乾杯、という声に応えた者は誰もいなかった。僕は電気の紐にひっかけられた鍵を見つめていた。開くべきドアを探し求めるように、鍵はゆらゆらと揺れていた。

穿地が終電のあるうちに帰ると言いだし、その流れで解散となった。三人で玄関に向かったが、僕は靴を履くのに手間取るふりをして、わざと二人を先に行かせた。倒理は見送りのためか追い出しのためか、後ろで壁に寄りかかっている。

部屋を一歩出てから、彼を振り返った。

「倒理」

「あ？」

「大丈夫？」

ドア枠の向こうで背後から光を浴びる倒理の表情は、よく見えなかった。ただ、声の調子は軽かった。

「おまえに心配されるほどじゃねえよ」

そう言って、彼はドアを閉めた。

――この部屋にこの四人で集まる機会は、もう残り少ないかも。

予感はぴたりと当たることになる。

僕らが倒理の部屋に集まったのは、これが最後から二番目。

最後の一度は十七時間後だった。

6

長く伸びた電柱の影が、道路を四つに等分している。

傾いた陽を追いかけて、空気が冷え込んでいくのがわかる。

僕はアパートの塀に寄りかかり、ウールの手袋に包んだ両手を意味もなくすり合わせながら、数秒ごとに腕時計を見ていた。

午後五時半ちょうど、道の角から美影と穿地が現れた。やっぱり二人は時間に正確だ。

「今日もご一緒ですか」

「そこで会っただけだ」

ぶっきらぼうに言う穿地。蹴りが入らなかったとこを見ると本当のようである。相変わらず季節感ゼロの美影は、無印良品の白シャツの上に何も羽織っていない。たいして寒がる様子もなく僕に尋ねる。

「倒理から何か聞いてる?」

「さあ……。ワインを飲む会じゃなさそうだけど」

今朝、遅く起きると新たにメーリスが届いていた。

〈17時半今日うち　絶対来い〉

送り主は今回も〈御殿場倒理〉。昨日の今日でまた集合とはまったく自分勝手な奴だ。でも「絶対」という指定は珍しくて、僕は違和感を覚えた。よほど大事な話があるのか、それともただの気まぐれか。自分なりに結論を出してから、僕はコートに袖(そで)を通した。

「昨日のこと、また話し合う気かな」美影が面倒そうに言う。「済んだ話だと思うんだけど」

「まあ聞けばわかるだろう」

穿地が顎(あご)をしゃくり、三人でアパートの敷地に入った。

一〇三号室のドアは、錆(さ)びかけた郵便受けのフタも、四隅が剝(は)げたアイボリー色の塗装も、何もかも昨日のままに見えた。まず穿地がドアチャイムを押した。しばらく待つが、反応はない。穿地はノブに手をかける。回らない。

美影が横から手を伸ばし、ドアをノックする。倒理ーおーい、と呼びかける。

返事はなかった。というより、中からは物音ひとつしなかった。

「また寝てるね」

苦笑まじりに言う美影。自分から呼んだくせに、と愚痴る穿地。僕もドアの前に立ち、ノブを握ってみた。回らなかった。しっかりと鍵がかかっている。

「どうする？」穿地は携帯を取り出し、「電話をかけるか？」

「裏庭に回ろう」僕は提案した。「窓を叩けば起きるでしょ」

「起きなかったらガラスを割って押し入ろうか」

美影が言う。それは僕らの間で日常的に交わされる、ジョークともいえないような軽口のひとつにすぎなかった。少なくともこの時点では。

美影が歩きだし、穿地がそれに続く。僕はコートのポケットに片手を突っ込む。白い息が、ドアの前に尾を引いた。

僕らはアパートの西側から裏庭に回った。

裏庭は四方を建物に囲まれた陰気くさいスペースだった。十人乗っただけで壊れそうな物置があり、なんの花だったかわからない枯れた植木鉢があり、角の欠けたコンクリートブロックが転がっている。アパートの一階には、等間隔に五つの掃き出し窓が並んでいた。その真ん中が倒理の部屋の窓である。

「そう。みかんを海苔で巻いて醬油つけるの」

「それでイクラに？」

「近いんだよけっこう。こないだ試したんだけど」

どうでもいい話をする美影と穿地。数歩あとに続く僕。ぶらぶらと進み、その窓へ辿り着く。

カーテンがないので中を覗くのは簡単だった。

部屋は相変らず散らかっていた。崩れた本の山と、斜めを向いた電気ストーブ。床に放られたラルディーニのコート。その向こう側、押入れの前に、倒理がうつ伏せで寝ているのが見えた。

「御殿場、起きろ」

穿地が窓をコンコンと叩く。倒理は動かない。

おい御殿場。もう一度叩く。倒理は動かない。

おい御――三度呼びかけようとしたところで、

穿地は顔色を変えた。

倒理は足をこちらに向け、たたんだ布団に突っ伏すような姿勢で倒れていた。顔を布団にうずめているし、部屋の電気も消えているので、頭部の様子はよく見えない。だが、それでも——それでも、彼の周囲に広がった赤い染みははっきりと見えた。

「……倒理！」

僕の声を皮切りに時間が加速した。穿地が先ほどよりも激しく窓を叩く。窓には鍵がかかっていた。美影は穿地を乱暴にどかすと、足元のブロックを持ち上げてガラスに叩きつけた。割れた穴から手を入れ、クレセント錠を開ける。

窓が開く。最初に踏み入ったのは穿地だった。わき目もふらず部屋を横切り、倒理のもとにうずくまる。御殿場！　おい！　御殿場！　六畳一間に必死の声が響く。

う、と。

穿地の背中の向こうからか細いうめき声が聞えた。

——生きてる。

「片無、救急車！」

穿地が振り向き、叫んだ。言われるまでもなく〈119〉を押していた。指が汗ばみ、携帯を取り落としそうになる。跳ね上がる鼓動を抑えながらオペレーターと話す。

すみません、救急です。コーポ上北沢っていうアパートです。友人が怪我をしたらしくて。はい。ええと——

たどたどしく状況を伝える。耳も舌も頭も総動員していたが、目だけは責務から解放されていた。僕の視界には別世界の映画フィルムのように、ひとりの男が映っていた。

美影。

彼は穿地に続いて部屋に踏み込んだが、倒理のもとへは近づかなかった。かわりにローテーブルに近づき、中腰で何かを眺めていた。

テーブルは綺麗に拭かれていて、中央にバッグス・バニーのマグカップがひとつだけ置かれている。細く湯気が立っている。カップの中には一杯分のコーヒー。その水面から、ちょうどティーバッグのように、細い紐のようなものが飛び出ていた。美影は上を向く。カップの真上に位置する電灯の紐が、途中でぷつりとちぎれている。

美影はコーヒーから伸びた紐の先をつかみ、するすると持ち上げた。

黒い池の中から百均のフックが現れ、さらにその先から、キーホルダーつきの鍵が現れた。

美影は鍵を注視したままじっと動かなかった。すぐ横に怪我人がいるのに、まるで気にしてないみたいに。僕は通報を終え、携帯を閉じる。

「穿地、救急車すぐ来る。喉、押さえて。止血」

「わかってる！」

そこで初めて、僕も部屋に踏み込んだ。血の匂いがした。穿地は倒理の上半身を少し抱き上げ、必死に首元の傷を押さえている。その手はすでに真っ赤だ。予想以上に出血が多い。倒理は目も口も半開きで、その横顔に表情はない。ひゅうひゅうと漏れる呼吸音だけが生存の証だった。胸が締めつけられる。直視することができなかった。

美影はまだ固まっていた。鍵からはぽたぽたとコーヒーの滴が垂れている。

「美影、それ……」

「一〇三」彼はナンバーを読み上げた。「この部屋の鍵だ」

当たり前のその事実は、当たり前じゃないある事実を示唆していた。

僕はふらふらと台所のほうへ向かった。狭い部屋である。戻ってくるまでは二十秒とかからなかった。

「……誰もいないぞ」

返事はなかった。

部屋の光景は何も変わっていなかったが、空気が決定的に変わっていた。美影も穿地も目を見開いたまま、六畳間のある一点を見つめている。僕がいない間に新たな何かを——とても重要な何かを——血まみれの倒理よりもさらに衝撃的な何かを発見した、という様子だった。

僕は二人の視線をたどり、すぐに二人と同じショックを味わった。

倒理が倒れていた場所のすぐ前。押入れのふすまに、いびつな赤い字が書かれていた。

こほ、と倒理が咳をする。

僕は柱に手を添え、ふらつく体を支えた。ウールの手袋と木が擦(こす)れ合い、鈍い音を立てる。油を差し忘れたような動きで、穿地が美影のほうを見る。

「ああ」

彼の顔からはいつもの穏やかな笑みが消えていた。屋上のフェンスを乗り越えた会社員のような、疲れきった表情が浮かんでいた。

「困るよ、倒理」

それは独り言なのか、死にかけた友人への返答なのか。

たったそれだけ言い残すと、美影は動きだした。鍵をテーブルの上に置き、開けっぱなしの掃き出し窓から外に出る。そして僕らの視界から消える。

僕と穿地は彼を引き止めることを忘れていた。何もできず、また何も言えなかった。

やがて遠くから、救急車のサイレンが聞こえてきた。

7

五時間後、倒理が目を覚ました。

黒い瞳はしばらく天井を眺めたあと、ゆっくりと左右に動き、ベッドの周囲のものを順に捉えていった。クリーム色のカーテン。点滴バッグ。窓際の花瓶。そして、椅子に座った僕と穿地。第一声はシンプルだった。

「美影は」

「……君を見つけたあと、どこか行ってしまって」

「連絡が取れない」

そうか、とつぶやいて倒理は天井に目を戻す。何十度目かのメールチェックをあきらめた穿地が携帯をしまう。

「御殿場、何が起きたんだ」

「何って？　いや、部屋で寝てたら急に不審者が入ってきてさ。まったく怖えな東京は。それで俺は」

「冗談はよせ」

「君の部屋は、ドアも窓も鍵がかかってた」

「鍵？」倒理は眉をひそめたが、傷の痛みのせいではなさそうだった。「あー思い出した、自分で切ったんだ。魚捌こうとして手元が……」

「もういい」

もちろんそんな与太話に信憑性はない。凶器も部屋の中からは見つからなかった。

穿地は倒理に顔を近づけ、

「美影がやったんだな。あいつにやられたんだな？」

「違えよ」

「だったらあの文字はなんだ」

「好きな奴の名を書いたのさ」

からかうように言う倒理。穿地はまだ「あの文字」としか言っていない。けれど倒理の反応は、あの血文字の内容を知っていなければありえないものだった。ならばやはり、あれは倒理自身が書いたのか――

穿地は「先生を呼んでくる」と席を立ち、病室には僕たち二人だけになった。言葉を探し、視線をさまよわせる。壁や天井のタイルは白紙の台本のようで、何もきっかけを与えてくれなかった。心電図の規則的な音だけが部屋に響く。ひょっとして医療機器というものは、完全な気まずさを作らぬために存在しているのかもしれない。

「いま何時だ？」

倒理が沈黙を破った。腕時計を見せると彼はうなずき、すぐに顔を歪ませた。今度は痛みのせいだったみたいだ。

「正直死ぬかと思った」

「頸動脈(けいどうみゃく)をかすってたって。あと五ミリ深かったら危なかったらしい」

「そうか。……それじゃ、犯人はしくじったわけだ」倒理は他人事(ひとごと)のように言ってから、「鍵ってなんだ？　密室だったってことか？　詳しく聞かせろ」

「退院したらね。あのメッセージ、何？　君が書いたんだろ。いったい……」

「教えてやんない。退院しても」

意地の悪い笑み。僕が知っているいつもの倒理の顔。ほっと——はしない。心がざわめく。

「てゆーか俺はいつ退院できんだ？」

「さあ。一週間後か二週間後か」

「ふうん。……今度美影に会ったら謝らないとな」

「何を」

「何をっていろいろだよ。わがままにつきあわせたこととか……おいおいなんだよその顔は、眼鏡かけたままならもっとクールでいろ」

無茶な注文をしてから倒理は目を閉じた。そのまま寝息を立て始める。僕もベッドに顔を埋めて一緒に眠ってしまいたかった。

ここ数時間に起きた出来事が全部嘘みたいだ。事件。倒理。鍵。メッセージ。そして美影。密室が破られる前、部屋の中で何が起きたのか。わがままとは何を指しているのか。もう少しましな結末はなかったのか。後悔と謎がぐるぐる回る。苦悩に押しつぶされそうになる。

だけどとにかく、倒理を死なせずに済んだ。

その安堵感だけはたしかだった。

結局、倒理は三月まで入院した。

無精者の彼らしいといえば彼らしいが、倒理は事件を大ごとにしたがらなかった。被害届は出さず、実家にも連絡せず、友人・知人にもほとんど黙っていた。そういうわけで僕がいつ見舞いに来ても、会うのは穿地と看護師さんくらいだった。

美影は一度も現れなかった。

病室にも、僕らの前にも。

穿地には事件の翌日、メールが一通届いたらしい。〈ごめん〉とだけ書かれたメールが。それを最後に僕らと美影の関係は途絶えた。調布の部屋は引き払われていたし、番号もアドレスも無効になっていた。

穿地はしばらく怒ったり塞ぎ込んだり探し回ったりしていたが、二月が終わるころにはあきらめをつけた。さんざんはぐらかされた末、倒理に事情を聞くこともやめた。「もともとそういう奴だった」が彼女の口癖になった。僕らは暇ができるたび病室を訪れ、あの部屋にいるのとそう変わらない緩慢な時間を過ごした。事件に関する話題は避け、近況や観てきた映画の感想を適当にぽつぽつと話した。そんな毎日が続いた。

三月に入って十日ほど経ったある日、天川教授が顔を出した。

「君たちを普通と評したが、最後の最後で少しだけ驚かせてくれたね」

手土産は山梨名物信玄餅で、倒理は「ベッドじゃ食べにくいすよ」と不満を漏らした。見舞いはすぐに終わったが、そのあと教授は僕から話を聞きたがった。二人で喫茶スペースの丸テーブルに移動し、僕はあの日、三人でアパートに入ってから救急車が来るまでの流れを語った。

「すみません。こんなことになってしまって」

「なぜ謝るの」

「いや、その……すみません」紙コップのお茶をすする。「教授はどう思います？　ええと、つまり、事件について」

「私の口から語っていいのかい」

「……よくない、ですね」

僕ら四人の間に起きた事件だ。僕らの手で解くべき、なのだろう。

よく晴れた日だった。ガラス張りの壁からは隣の公園が見下ろせて、テニスコートの芝生が眩しかった。でも教授は、廊下の隅へ目を向けていた。

「古い友人に建築家がいた」

ガラスケースの中に、安っぽい病院の模型が飾られている。

「才能があったがちょっと変わり者でね。幼いころ魔女に出会ったと言うんだ。そして〝自分が作った建物すべてで惨劇が起きる〟という呪(のろ)いをかけられたと。彼女はいつもそれに怯えていた。本気でだ。ある時期から彼女は、人の住めないようないびつな屋敷ばかり建てるようになった。自分の建てた家で誰も殺さずに済むように。そして最後に、姿を消した」

いまも生死は不明だ、と教授は蛇足のようにつけ加える。

「これはただの私の経験則だが。信頼できる友人が突拍子もない行動を取ったとき、そこにはきっと、誰かへの優しさがある」

教授はそっぽを向いたまま僕を見ない。でもたぶん、僕を励ましてくれているのだろうと思った。頬(ほお)をかき、口を開きかけたとき、

ぐらり、と足元が揺れた。

思わずテーブルのふちを両手でつかんだ。

「地震だ」

「大きいね」

たしかに大きかった。震度は三？　四？　もっとだろうか。経験したことのない揺

れ方だった。不穏な揺れは三分ほど続き、徐々に弱まって、やがて完全に収まった。ただ見回した限りだと、棚が倒れたり誰かが怪我したりといった被害は出ていない。ただ人々のざわめきが、絨毯に垂れたインクのように広がり始めていた。

何かを予感したのか、天川教授が立ち上がった。

「失礼する。君たちはまず、自分たちのことを考えなさい」

それが彼から僕らへの、最後のアドバイスだった。

数日後、倒理の退院が決まった。

喜ぶ気にはなれかなった。傷はとっくに治りかけだったし、自粛ムードが東京の片隅にまで蔓延していたから。

退院の前日、ふらりと病室を訪れた。穿地も看護師さんもおらず、倒理はベッドに寝ていた。首の包帯は外れている。横に走った傷痕は太く、いびつで、遠目でもかなり目立つ。僕は思わず自分の首を触った。

「倒理。それ……」

「ん？　ああ、残るとさ」

「一生？」

「かもな」倒理はくるくるの毛先を指でつまみ、「ついでにこれも治らんか聞いたが、現代の医学じゃ無理らしい」

僕は力なく笑った。丸椅子を引き寄せ、ベッドのすぐ横に座る。枕もとのリモコンを手に取り、ACのCMが流れるテレビを消した。倒理から文句は出なかった。

「なんかえらいことになってるな」

「うん」

「この中じゃ実感ない」

「外でもあまりないよ」

東北で起きた震災の被害は僕らの貧弱な想像力をいとも簡単に蹴散らして、日ごとに最悪を更新し続けた。狂ったように情報を追うテレビと新聞を、僕らは口を開けて眺めることしかできなかった。この大事件に比べれば、僕らが抱える問題は蟻のように小さい。でもいまの僕らは自分たちのことだけで精一杯で、ほかの問題を抱える余裕がない。

世間の流れから完全に切り離されたような気がした。

社会の速さから完全に置き去られたような気がした。

いまさらのように無力感を覚える。こんな自分に無難な生き方は贅沢かもしれないと思う。もっと早く自覚するべきだった。血まみれの倒理を発見したあの日から、そんなことはわかりきっていた。

でも。だったら僕は、どうすればいいのだろう。

両膝の間で指を組み、ベッドの友人を見下ろす。彼は猫みたいにあくびしていた。眠いからというより、ほかにやることがないからという感じで。

「四月からの仕事、どうする気なの」

「んー、美影は戻ってこねえだろうしな。愛媛に帰って適当に探すか……」

「僕も仕事を変えることにした」

「あ？」

「倒理。一緒に探偵をしないか」

倒理は目を丸めたまま二回まばたきした。たぶん、首を切られたときよりも驚いたんじゃないかと思う。

「一緒にってどういうことだ。おまえの助手になれって？」

「違う」

「じゃあ俺が探偵か？　悪いが俺は名探偵になる自信は……」

「ない？　そうだね。僕もない」組んだ指に力を込め、「だから二人でやるんだ」

独立はできない。協力もできないかもしれない。

でも、補い合うことはできる。

倒理は僕を見上げたまましばらく黙っていた。脚を組んだらしく、毛布が軽く盛り上がる。考えごとをするように、その下で爪先が上下するのがわかった。

「条件がある」やがて彼は、澄まし顔で言った。「事務所名は俺が決める」

8

外でヒグラシが鳴き始めた。

閉めきった窓越しに聞く蟬（せみ）の声はひどくぼやけていて、夏に連れ戻されるというより、むしろ突き放されるような気分だった。

倒理は授業を聞く生徒みたいに、肘（ひじ）かけに頬杖をついている。穿地は何かに耐えるように目をつぶっている。依頼人はわざわざ淹れてもらったコーヒーに一度も口をつけぬまま、話を終えるところだった。

「そういうわけで――唯一の出入口であるドアと窓は施錠されていたし、一本しかない部屋の鍵は室内にありました。部屋には首を切られた被害者以外誰もいなかったし、彼が自分で鍵をかけられたとも思えません。玄関や窓際には血が垂れてなかったから」

なぞられたのはあの日僕らが集まってから、倒理を見つけ、部屋に入り、そして美影が出ていくまでの客観的な流れ。僕の記憶とも寸分違わない。

「たしかに密室状況だな」と、不可解専門が言う。

「でしょう？　どう思います？」

「どうもこうもない」

答えたのは探偵ではなく警部補だった。彼女はわずかに躊躇（ちゅうちょ）してから、核心に踏み込んだ。

「犯人はおまえだ、糸切」

「どうして？」

「おまえの名前が書き残されていたんだ、それ以外ないだろう。あの日おまえは、約束の時間よりわずかに早く御殿場の部屋を訪れた。

おそらく御殿場は杵塚の処遇についてもう一度話し合うつもりだったのだろう。おまえは御殿場と言い争いになり、故意にか偶然にかはわからんが奴の首を切りつけた。そのあと部屋を出て、何食わぬ顔で私たちと合流した」

「わずかに早く、か」美影は他人事のようにうなずいて、「たしかにテーブルのマグカップはお客さん用だったし、湯気もまだ立っていた。直前に来客があったことはたしかだ」

「まあそうじゃなけりゃ、俺はここにいないだろうしな」

倒理がつけ足す。事件から発見まで間があれば死んでいた、という意味だろう。

つくづく妙な会合だった。いまこの場には依頼人がいて、探偵がいて、刑事がいて、第一発見者がいて、被害者がいて、そして犯人がいる。全員が何役ずつかを兼任しながら、僕らはかつてのゼミのようにディスカッションを進める。

「でも決。ぼくが犯人だとすると密室の謎は？」

「それもおまえが……」

「いや、待った。ひとつずつ解いていこう」

美影はポケットに手を入れ、見覚えのあるものをひっぱり出した。三十センチほどの紐の先に百均のフックがくくられ、その先に鍵がひとつぶらさがっている。「用意がいいな」と倒理が笑う。

「倒理の部屋の鍵は、普段電灯の紐の先にぶらさがっていたね。でも発見時は紐がちぎれていた。電灯の真下にはマグカップがあって、鍵はそのコーヒーの中から見つかった。たまたま紐がちぎれてコーヒーの中に落ちたのだろうか？　いいや、それはない」

　美影は鍵をマグカップの上五十センチほどの高さに掲げ、指を離した。ぽちゃんと小さな音を立て、鍵がマグカップの中に落ちる。その勢いでカップの周りにコーヒーが飛び散った。

「もし鍵が、電灯の紐の高さから落ちたとすれば、見てのとおりコーヒーが飛散するはずだからだ。でもテーブルの上は綺麗だった。つまり……」

　もう一度紐を持ち上げ、今度は二、三センチ上から落とす。飛沫は飛ばなかった。

「こんなふうに、至近距離から故意に落とされたことになる。犯人の手によってね。では、そんなことをした狙いは？」

「鍵を隠すためだ」

　僕は口を開いた。不可解専門として発言しておくべきだと思ったから。

「もし鍵が紐にぶらさがったままの状態だったら、窓から覗いただけで鍵の有無が簡単に確認できてしまう。犯人はそれを避けたかったんだ。なぜなら――僕らが窓を覗いたとき、鍵はまだ室内になかったから」

「てことは、トリックはあれか？」と、倒理。「密室が破られたあと、鍵を部屋ん中に紛れ込ませるってやつか？」

「そう。犯人は鍵をポケットに隠し持っておいて、窓を割って中に入ったあと、こっそりコーヒーの中に落とす。それ以外あの部屋を密室にする方法はない」

「チープなトリックだねえ」

「おまえはそういうのが好きなんだろう？」穿地が美影をにらむ。「私も片無と同意見だ。そして、あのときコーヒーに鍵を落とす機会があったのはおまえだけだ。私はテーブルには近づかなかったし、片無は部屋の外にいた。二人ともおまえの行動には注意を払っていなかった」

「ぼくが密室を作った理由は？」

「言い逃れのためだ。御殿場が意識を取り戻し、犯人がおまえだと指摘すれば一発ですべてばれてしまう。だが現場を密室にしておけば、自分には犯行は不可能だったという一応の言いわけが立つ」

「つまり犯人には、倒理を殺すつもりまではなかったと」

「……そうだろ」

そうであってほしい、と祈るような言い方だった。美影は被害者のほうを向く。

「倒理の意見は？」

「五年も前のことなんて覚えてねえよ」

嘘だと顔に書いてある。が、美影は予想していたようにうなずいた。

「やったのはぼく。鍵はあとから部屋の中に。探偵さんたちの結論はそれでいい？」

「君の考えは違うのか」

「ほとんどの点では合ってる。事件のきっかけは杵塚実の処遇をめぐる対立。鍵は事件後に部屋の中に入れられた。つまり第一発見者であるぼくらの中に犯人がいる。でも、ぼくじゃない」

「じゃあいったい……」

「それに」美影は僕の声にかぶせた。「犯人が紐を切った理由に対するアンサーもやや異なる。鍵を隠したかったからというのがたしかに最大の理由だ。でもそれだけじゃない」

カップからまた鍵がサルベージされる。彼はそれを、僕らの目の高さに固定する。催眠術師の五円玉みたいに、鍵は振り子運動をする。

「窓を覗いたとき、電気の紐に鍵がぶらさがっていたとしよう。さて、もしその紐が小さく揺れていたら、第一発見者たちはどう思う？」

「…………」

「ぼくならこう考える。『ああ、犯人はほんの十秒か二十秒前までこの部屋にいて、そして鍵に触ったのだな』って。犯人はそれを避けたかったんだ。彼には、鍵を押さえて揺れを止める時間すらなかったから」

紐が下ろされる。あとには美影の微笑が待ち受けていた。

「何が言いたいんだ」

「ものすごくチープな手なんだよ。犯人はほかの二人と一緒に倒理のアパートを訪れる。そしてまず、ドアに鍵がかかっていることを確認させる。それから裏に回ることを提案し、二人を先に行かせる。素早く鍵を開け、中に入って、コーヒーの中に鍵を入れる。またドアから出て、二人を追う。部屋に入って戻るよりもアパートを回り込むほうがはるかに距離があるから、確実に追いつける。二人に気づかれる心配もない。普通、こんなちょっとした移動中に振り向いたりはしないし……何より、ぼくらはいつも一緒なのが当たり前だったから。声はしなくても〝後ろにいるだろう〟という先入観が邪魔をする」

「………」

「裏に回って怪我人を発見したあとは、二人を先に部屋の中に入らせる。鍵が見つかったタイミングで自分も部屋に入り、人が隠れていないことを確認するという名目で玄関のほうへ。そして内鍵を閉める。これで密室の完成」

「おい、待て」穿地が美影の肩に触れた。「待て。つまり……」

美影は応えない。彼はもう、僕だけの目を見ている。僕だけに語りかけてくる。

「傍証もいくつか。たとえば、血だ。刃物で首を切ったなら多少血が飛んだはずだよね。ぼくはあの日白いワイシャツ姿だった。服についた血をごまかすことはできないし、凶器を隠すこともできない。でも、コートを着ていた者ならできる。手袋もそう。君は携帯で救急車を呼んだ。あのころはまだガラケーだったよね。ぼくの記憶によれば、そのとき君はウールの手袋を外していた。モコモコの指じゃボタンが押しにくいから当然だ。でも、玄関に回って戻ってきたとき、君は手袋をつけていた。なぜわざわざ室内でつけ直したの？」

「………」

「決め手に欠けるな」言ったのは倒理だった。「全部可能性にすぎねえだろ。はっきりした証拠じゃない」

「決め手もあるよ」

美影は指二本で自分の首を横になぞり、

「『穿地、救急車すぐ来る。喉、押さえて。止血』」

あのときの発言を正確に再現した。

あ——と、穿地がつぶやいた。

「決も覚えてるよね。あのとき発された言葉だ。窓の外からじゃ倒理の頭部はよく見えなかったし、決が踏み込んだあとはずっと彼女の背中に隠されていた。外に指示を出したときも決は『片無、救急車！』と叫んだだけで、具体的なことは何も言わなかった。それなのに……ねえ、氷雨。なんで傷口が喉だって知ってたの？」

責める様子も勝ち誇る様子もない。父親に虫の名前を尋ねる子どもみたいに、純粋な声。

強張っていた肩から力が抜けていく。辿り着くとしたらどんなルートか、いくつか予想はしていたが、こんな道があったなんて。こんな簡単なことを見逃していたなんて。やっぱり僕にはこういうのは向いてない。

「まいったぜ相棒」倒理が僕に苦笑を投げた。「俺たちの負けだ」

9

「もう来たのか？」

昨日と同じ出迎えられ方だった。

ただし今日の倒理には寝癖も目やにもついてない。彼はラルディーニのダブルコートを、前を開けたまま羽織っていた。ちょうど出かける支度をしていた、とでもいうように。

僕は両足のかかとだけ使って靴を脱ぎ、部屋に上がり込んだ。おい、と話しかけられたけど無視する。ストーブも電灯も消されていて、窓から差し込む夕陽だけが部屋をあたためていた。ダース・ベイダーの時計は五時を過ぎたばかりだった。

「集合時間を間違えたか？　マニュアル眼鏡くんにしちゃ珍しいな」

「マニュアルはもう捨てたんだ」

「眼鏡も外したほうが男前だぞ」

「君も今日は男前に見える。なぜコートを？」

「……ちょっとコンビニに」

ちょっとコンビニに行くだけで一張羅を羽織る学生がいるだろうか。少なくとも目の前の友人はそんないかした奴じゃない。

僕はいつもの定位置に座り、コートと手袋を脱いだ。部屋の鍵はまだ頭上にぶらさがっていた。倒理は横に立ったまま、警戒するように僕を見ていたが、やがて開き直ったように、

「じゃ、俺はコンビニ行ってくるから。おまえ留守番を……」

「杉好宏伸に会いに行くんだろ」

僕が言うと、倒理は口をつぐんだ。

「『絶対来い』なんて書かれたのは初めてだから、何か理由があると思った。僕らをここに集めておいて、その隙に会いに行けば、誰の邪魔も入らない。僕らが時間に遅れたり、早く来すぎたりすることはほとんどありえないし」

「理由、か……なんでそういうとこばっか気にするかな、おまえは」

倒理はがしがしと頭をかく。ラルディーニはストーブの上に放られた。

「なんか飲むか」

「コーヒー」

倒理が視界から消える。僕は彼の姿を追わず、ただ水道の音や、カチャカチャぶつ

かる食器の音に耳を澄ました。もし途絶えたらすぐにでも追いかけようと思っていたが、そんな事態にはならなかった。数分後、彼はマンデリンの香りとともに戻ってきた。

バッグス・バニーのマグカップが、テーブルにぞんざいに置かれる。「ありがとう」と返したものの、手を伸ばす気は起きなかった。かわりに右手を、そっとジーンズのポケットに入れた。

倒理は僕の真正面にあぐらをかく。僕らは昨日と同じように、いつもと同じように、テーブルを挟んで向かい合う。

僕は倒理の、悪魔みたいだとよく言われるちょっと細い目を見つめる。倒理は僕の——自分ではよくわからないけれど、彼に言わせれば——くっきりしているらしい目を見つめる。

カップから立ち昇る湯気以外、何も動いていなかった。

カップに描かれたバニー以外、誰も笑っていなかった。

「俺が杉好に会うと何か問題あるのか」

「僕らは、真相を伝えるのには反対だ。昨日も言ったけど」

「わかってる。だからひとりで行く」

「わかってるよ。だから止めに来た」

「止める？　無駄だな」倒理は部屋を見回して、「美影に千回言われてもこの部屋は片付かなかった。俺はどうも、人の話を聞くのが苦手らしい」

「……それもわかってるよ。初めて会った日からわかってる」

「じゃ、コーヒー飲んで留守番してな」

倒理が腰を上げ、ストーブの上からコートを取った。僕はとっさに立ち上がり、居間の出口をふさいだ。友人は憐れむように首を振った。

「なんだよ」

「なんで行くんだ？　なんでそうまでして」

「筋を通したいんだよ」

「筋を通すような柄じゃないだろ、君は」

「そう見えるか？」自嘲気味に笑って、「仕事に関しちゃ俺は真面目なんだ」

「考え直してくれ」

「断る。おまえこそ、なんでそんなに止めたがる？」

「杉好さんを復讐者にしたくない。それに僕は君を……」

「悪いけど時間だ。行かせてくれ」

倒理が僕の胸を押す。諭すような、ゆっくりとした押し方だった。僕は足を踏んばり、その腕をつかんだ。力を込めると倒理の眉が歪んだ。均衡が徐々に破られる。夕陽が届かぬ影の中で無音の揉み合いが続く。

僕のもう片方の手は、まだポケットに入っている。

「どけって」倒理の語勢が強まった。「俺はおまえらほど優しくなれないんだ」

「優しいのは」僕はポケットから手を抜き、「君のほうだろ！」

その腕を振った。

赤色は袖をわずかに汚しただけで、最初は空振りしたかと思った。

けれど倒理は、ぎょっとしたように自分の首を押さえた。左腕で抱えていたコートが再び床に落ちる。ふらふらと二、三歩後ずさり、ストーブにぶつかって大きくよろける。手の裏側からあふれた血が、窓にぶつかった雨粒のように幾筋も腕を伝い始めた。

僕は息を荒らげたままその光景を見つめていた。あ、と声を出す。何を言おうとしたのかは自分でもわからない。どちらにしろ倒理と目が合ったことで、言葉はひっこんでしまった。

僕に向けられた倒理の顔は。

なぜか、ひどく嬉しそうだった。

「さっきのは間違いだな」倒理はかすれ声で言うと、「眼鏡はかけたままでいい」押入れの前の布団へ頭から倒れ込んだ。

部屋も僕の頭の中も不気味なほど静かで、秒針の音だけが大きく聞こえた。

時計を確認する。穿地と美影はもうすぐやって来る。僕は六畳間を見回し、するべきことを考えた。コートと手袋を着込み、マグカップを電灯の真下に移動させ、ナイフで紐をちぎる。鍵がぶらさがったままのそれをコートのポケットに突っ込み、外に出る。

そして、ドアの鍵を閉めた。

10

ちょっと冷えすぎたね、と美影が言い、リモコンをいじる。

病み上がり早々ブラック労働を強いられていたエアコンが、やっと駆動音を一段下げた。僕はまだ言葉を返せないでいる。倒理はなつかしむように、服の上から自分の首をなぞっている。

僕がつけた傷痕を。

穿地がグラスをつかみ、ソーダの残りを一気に呷った。駄菓子好きの警部補は少しだけ落ち着きを取り戻したようだった。

「じゃあ、あのメッセージは……血文字の意味はなんだ。なぜ糸切は姿を消したんだ」

「不可解専門探偵さん、どうです?」

美影が聞いてくる。僕は「それは……」と口ごもった。

あのメッセージに関しては本当にわからない。本当に不可解なのだ。倒理が書いたもの。それは間違いない。でもなぜ僕ではなく、美影の名前を?

「おまえはわかってんのか」

倒理が聞き返すと、美影はうなずいた。

「あのとき。氷雨が喉の傷に言及した時点で、犯人は彼だと察しがついた。おそらく杵塚の件で倒理を止めようとしたんだろうってことも。でもふすまを見るとぼくの名前が。で、ぼくはこう解釈した。これは――依頼だ」

はっとした。

いまこの場所には、事件に関わる全員がそろっている。

探偵、刑事、被害者、発見者、犯人。そして――依頼人。

「あの日倒理は、杉好宏伸の家に行くつもりだった。でも首を切られて、動けなくなった。声も出せない。ならどうする？　簡単だね。友達にかわりを頼めばいい。だから倒理は気絶する前、最後の力を振り絞ってぼくの名前を書いた。風邪を引いた学生がバイト代行のメールを打つみたいに。それだけ。ただそれだけだよ」

「さすがだ名探偵」

謎を作った本人からの賞賛だった。でもその笑みはすぐにひっこむ。

「迷惑かけたな」

「いや、結果的にはよかったよ。ぼくはやっぱり探偵には向いてなかったから」

――困るよ、倒理。

メッセージを見つけたときの美影の一言が甦る。

思えばあれは、無茶なお願いをされた者の常套句（じょうとうく）だった。そして直後、彼は出ていった。僕らに挨拶することもなく、怪我人を気遣うこともなく。一心不乱にどこかへ急ぐように。

「依頼を受けたのか」僕は問う。「あのあと君は、杉好さんに会いにいったのか」

「飛行機の時間が迫ってたからね」

「……杉好さんは、杵塚をどうした」

美影は答えなかった。彼はマグカップに手を伸ばし、初めてコーヒーに口をつけた。ぬるくて苦くてどす黒い液体は、温厚そうな青年の中に音もなく吸い込まれていった。

あの日美影は、たぶん重荷を背負ったのだろう。

身軽が好きと言っていた彼にとって初めての重荷。捨てることもできたはずなのに、彼はそれを背負い続けることを選んだ。押しつぶされて形が変わってしまったのか、押しつぶされないよう自ら形を変えたのか、最初からあった形にやっと気づいただけなのか。とにかく彼は結論を出した。こういう仕事のほうが向いている、と。

だから、僕らの前から姿を消した。

横を向く。倒理もつまらなそうな顔で僕を見ていた。僕の決意の行動をよくも台無しにしてくれたな。ああ悪かったよ、だがとどめを刺さないほうが悪い。表情だけで意志を交わす。たしかに悪いのはおたがいさまだ。

穿地が首をのけぞらせ、天井に向かって息を吐く。

「何も知らなかったのは私だけか」

「ごめんね、決」

「もういい……おまえはもともとそういう奴だ」

「それはそれでショックかも」

うるさい、と美影の肩が（そこそこ強めに）殴られる。そんなやり取りの間も、穿地の視線は僕を捉えていた。

「片無。なぜ御殿場を襲った？　そこまでする必要はなかったはずだ」

「……どうしても止めたかったんだ」

「なぜ」

「なぜって……」

僕は思い出す。ゼミ修了記念兼『ペンギン・ハイウェイ』SF大賞受賞記念会の帰り道。深夜、電車に揺られながら考えたことを。

それは倒理のことだった。皮肉屋で問題児で趣味が変でいつも真意が捉えられない、そんな友人のことだった。彼が孕（はら）んだ危うさのことだった。

目をつぶり、五年と数ヵ月間黙っていた秘密を吐露する。たった一言で済んだ。

「僕は、倒理を犯罪者にしたくなかったんだ」

謎解きは終わった。

11

とはいえ、すべてが終わるわけじゃない。

グラス三つとマグカップひとつを洗い終え、水切りラックに移す。炊き途中の炊飯器がプスプスと水蒸気を吐いている。手を拭いてからリビングに戻ると、外はもう暗かった。倒理はソファーに寝そべり、何事もなかったように映画雑誌を開いていた。

——なんかすっきりしちゃったなあ。

そんなことを言い残し、依頼人は帰っていった。チープ・トリックの『It All Comes Back To You』という曲を口ずさみながら。穿地も彼と一緒に出ていった。最後に近場の喫茶店を聞かれたので、うちでもかまわないけどと言うと、脛を（わりと強めに）蹴られた。

五年ぶりに会った二人は何を話し、それからどうするのだろう。穿地は彼を捕まえるのか、それとも逃がしてやるのか。逃がしてやっても、いずれ美影は出頭するような気がする。何にせよ、いまよりは少しましな状況が待っているだろう。

もじゃもじゃ頭のすぐ横に座る。倒理の顔は開いた雑誌に隠されていて、ときどき動くペンだけが見える。クロスワードパズルに挑んでいるようだ。

「アナログテレビ時代、放送終了後に流れていたもの。カタカナ六文字。最初はス」

「……砂嵐？」

「一文字足りない」

「ええと、じゃあスノーノイズ」

「スノーノイズっていうのか？」

「正式名称はね」

「ずいぶん汚い雪もあったもんだ」

ペンがのろのろと動き、またすぐ止まった。そんな姿勢じゃ書きにくいだろう。崩れた字で埋まったマス目を想像する。でものろくても不格好でも、答えが出せればいいのかもしれない。

「そういやひとつ聞き忘れたことが」雑誌の向こうから倒理が言った。「おまえ、なんで密室作ったんだ？　言い逃れのためか？」

「それはカタカナ何文字？」

「何文字でもいいがなるべく短く頼む」

「……言い逃れしないため、かな」

もしも鍵を開けたまま外に出たら、誰でも容疑者になりえてしまう。それこそ不審者がいきなり入ってきて——という説でも成り立ってしまう。

僕はたぶん、それがいやだった。

僕らの中だけに事件を留めたいといういびつな願望があった。罪滅ぼしへの期待があった。美影でも穿地でも、目を覚ました倒理でもいい。あわよくば見破ってほしいという矛盾した思いがあった。

でも矛盾といえば、こっちからも聞きたかったことがある。

「僕が犯人だって、なんで誰にも言わなかったんだ？」

僕は倒理の首を切りつけた。人にされたひどい仕打ちで打線を組んだら間違いなくピッチャー四番の、これ以上ない凶行だ。

なのに倒理は、一度も僕を責めなかった。病院で目覚めた瞬間から、いや切られた瞬間からそうだった。犯人を聞かれても答えずに、追及をはぐらかし続けた。僕だとわかってるはずなのに、僕をかばい続けた。

「不可解専門ならそれくらいわかれよ」倒理はぼそぼそと答えた。「おまえを犯罪者にしたくなかったんだよ」

思わず横を見る。飛び込んできたのはマット・デイモンの笑顔だけだった。

僕は背もたれに体を預けた。レンズについた指紋に気づき、眼鏡を外した。眼鏡拭きが見当たらなかったのでワイシャツの裾で雑に拭く。汚れは取れず、薄く伸びただけだった。

「僕らって馬鹿かもね」

「いまさら気づいたか」

自嘲気味の声。裸眼で見下ろす倒理の姿は輪郭がぼやけている。どっちにしろ雑誌越しなので顔は見えない。

僕らはこれからどうすればいいのだろう。

五年前の秘密が暴かれた。当事者ど真ん中の僕らにとっては答えなんて最初からわかりきっていたし、謎解きはただの確認作業にすぎなかった。でも、何かに亀裂が入ってしまった気がする。埋めることはできるのだろうか。そもそも倒理は修復を望んでいるのだろうか。

迷いながら声をかけようとしたとき、

コン、コン。コンコンコン。

ノックが聞こえた。

我らが住居兼探偵事務所の玄関口には、インターホンがついていない。ドアチャイムや呼び鈴、ノッカーのたぐいもない。

したがって来訪者たちは、必然的に素手でドアをノックすることになる。

コンコンコン。コンコン。……トッ、トッ。ノックは続く。

「最初のノックを戸惑った」雑誌を閉じる音がした。「うちに来るのは初めてだな」

「……間隔が短いから、かなり慌ててるみたいだ。でももう一種類、弱い音が。たぶん……」

「子どもだ。親を真似してドアを叩いた」

「焦ってる子連れのお客さんは、普通こんな時間に来ないよね」

「てことは」

「依頼人だ」

僕は眼鏡をかけ直す。ぼやけた世界が形を取り戻す。

隣で倒理が笑っていた。

悪魔みたいに意地悪なのにどうしてだか憎めない、親の顔より見飽きたような、いつもの笑い顔だった。

どちらともなく肩をすくめ合い、僕らはソファーから立ち上がった。

私が解説を書きたくない、いくつかの理由

東川篤哉

受話器を取ると、聞こえてきたのは女性の声。徳間書店の編集者だ。私は彼女が用件を切り出す前に、自ら口を開いた。「ははん、例の件ですね。僕に青崎有吾氏の文庫解説を書いてほしいってやつ。ええ、充分に検討させてもらいましたよ」『そうですか』と受話器の向こうから明るい声。『では東川さん、ぜひとも！』「いえ、お断りします。ダメです。お引き受けできません。ダメ、ゼッタイ！」何らかの撲滅(ぼくめつ)運動を思わせる口調で断言すると、編集者は『えー、なぜ？』と不満げな声。そこで私は解説を書きたくない、いくつかの理由を述べた。

「そもそも今回文庫化される『ノッキンオン・ロックドドア2』ですが、もちろんこれは人気シリーズの二作目。で、その一作目はすでに文庫化されており、巻末には評論家、杉江松恋氏による詳細かつ的確な解説が載っていますよね。そこには、この連作短編集の魅力や特徴のみならず、青崎氏の過去作まで取り上げて、あらゆる情報が

網羅されています。これ以上、僕に何を解説しろっていうんです？　僕の解説なんかより、杉江氏の書いたものを読めばいいじゃありませんか」

『なるほど、それもそうですね』と編集者はアッサリ頷いてから、慌てて前言を翻した。『いやいや、違う違う、〈それもそうですね〉じゃありません。ええっと……ですから東川さんには評論家とは異なる、作家としての視点で解説を……』

「そうしたいのは山々ですが、それでも問題があります。解説を書くということは、僕が間違いなくこの作品を一度は読んだ、熟読したということを公言することにほかなりません。となると作家として困るのは、この作品と同じアイデアはもう使えない、似たような話はもう書けない、ということなんですよ。だって読者に『こいつ、青崎有吾の真似しやがったな』って思われたら嫌じゃないですか」

『はぁ、それは気にしすぎじゃありませんかねえ……』

「そんなことありませんよ。例えば『穴の開いた密室』ですが、これはタイトルに示されているとおり、《あたかも密室と思えるような建物の壁には、大きな穴が開けられていた。いったいなぜ？》という魅力的な謎が提示され、それが論理的に解かれる話。実に傑作です。あまりに秀逸な謎であるがゆえに、僕もこれと似たようなものを書きたいなぁ、と正直そう思うほどです。けれど、それは無理。僕はこの話を読んでしまった。僕が大きな穴の開いた密室を舞台にして作品を書くことは、もう絶対ないでしょう。ええ、たぶんないはず。だって今後十年は書きづらい……最低でも七、八年はやめといたほうが……でもまあ、推理の結末が異なるのなら、冒頭の謎が似ているぐらいは許容範囲かも……いや、だけどなぁ……」

『ん、ひょっとして、真似する気マンマンなのでは？』

「違いますよ！」私は断固としていった。「真似なんかしません。ただ影響を受けやすいタイプなんですよ、僕は。それなのに解説なんか書いたら、余計に書きづらい作品が増えるばっかりじゃないですか。例えば『時計にまつわるいくつかの嘘』では、《壊された腕時計が示す犯行時刻に、容疑者は完璧なアリバイを持っていた》という、まるで大昔のアリバイものを思わせる謎が登場します。正直いまさら面白くなりそうもない設定に思えますが、それこそが作者の仕掛けた罠。青崎氏は思いもよらない角度から意外な真相を提示して読者をアッといわせます。あるいはシリーズ中の異色作『穿地警部補、事件です』は鍵のかかったマンションの一室からジャーナリストが転落死を遂げる話。平凡な事故かと思われた出来事が二転三転した挙句、たったひとつの手掛かりから予想外の結末へと至ります。本格ミステリでありつつ警察小説の趣も感じさせる、まさにハイブリッド・ミステリでした」

『ふぅん、〈ハイブリッド・ミステリ〉という言葉があるのですね』

「いえ、ないかもしれません」単に思いつきで口にしただけだが、あるのだろうか、そんな言葉？　ま、それはともかく――私は話を元に戻した。「あるいは『消える少女追う少女』ですが、これって《トンネルに入ったはずの少女が煙のように消えた》という典型的な人間消失モノじゃないですか。ミステリ作家ならば誰もが一度は挑戦したくなる永遠のテーマです。この手の不可能現象を扱った話の場合、中盤まではワクワクしながらページを捲っていた読者も、解決編を読んでガッカリ――というケースが起こりがち。ですが、この作品はそうではない。作者は周到に伏線を張り巡らせ、必要な手掛かりを配置し、そして最後には論理的に唯一と思われる解決を示します。読者はガッカリどころか、むしろビックリでしょうね。さらに『最も間抜けな溺死体』ですが、これなどはシリーズ中で最も愉快な謎でしょう。《なぜ男は水のないプールに飛び込んで死んだのか》って、それだけでほぼ優勝。しかも解決編で示されるトリックは、提示された謎に見合う大胆なものです。事件の舞台が水のないプールでなければならなかった必然性に、僕は膝を打ちました」

『なるほど。そして、ついに最終話ですが……』

「ああ、最終話については何も語らないほうがいいでしょう。シリーズキャラクターたちの過去の因縁が明かされて、ついに最後の密室が解かれます。連作短編集でありながら、大長編を読み終えたような感覚を味わえる、見事な幕切れでしたね。で結局、何がいいたいかというと、『ノッキンオン・ロックドドア2』は傑作との呼び声高い前作に引き続き、優れた着想と手堅い推理が味わえ、なおかつ結末においては読者の想像を軽々と超えていく、そんな連作短編集だったということ。そして、この作品を読んでしまった僕は、お陰でもう、これらに似たアイデアでもって何か書くわけにいかなくなったってわけです。――ああ、やれやれ」

思わず溜め息をつく私の耳に、受話器越しに編集者の声。『なんだ、絶賛じゃないですか、東川さん。そんなに気に入っていただけたなら、ぜひ解説を……』

「僕の話、ちゃんと聞いてました!?」私は思わず声を荒らげながら、「解説を書くメリットなんて、僕には何もないんですよ。解説を書けば書くほど、自分の作品がますます書きづらくなるばかり。ましてや青崎氏のように若くて才能があってトリッキーでロジカルで、おまけに僕となんとなく作風が似ているような作家の場合は、なおさらですから。――ねえ実際、どう思います？　僕が『ノッキンオン・ロックドドア2』の文庫解説を書いた後に突然、穴の開いた密室や水のないプールの話を書いたりしたら？　単なる偶然だって思ってくれます？」

『いいえ、〈真似したな、こいつ……〉って、そう思いますね』

「でしょ、ほら。いいことなんて一個もないんですよ！」ていうか、なんで私が徳間書店の編集者から『こいつ』呼ばわりされなきゃならんのだ？　若干腑に落ちない気分の私は、受話器に向かって強い口調でいった。「そういうわけですから、いいですね。僕は青崎有吾氏の文庫解説なんて書きません。書きませんから。ええ、絶対に書きませんからね！　絶対ですよ、絶対に僕は青崎氏の解説なんて……」

（おわり）

この作品は2019年11月徳間書店より刊行されました。
なお、本作品はフィクションであり実在の個人・団体などとは一切関係がありません。

徳間文庫

ノッキンオン・ロックドドア2

2022年11月15日 初刷
2023年8月5日 3刷

著者 青崎有吾（あおさきゆうご）
発行者 小宮英行
発行所 株式会社徳間書店
東京都品川区上大崎三―一―一
目黒セントラルスクエア 〒141―8202
電話 編集〇三（五四〇三）四三四九
販売〇四九（二九三）五五二一
振替 〇〇一四〇―〇―四四三九二
印刷 製本 大日本印刷株式会社

ISBN978-4-19-894799-6 （乱丁、落丁本はお取りかえいたします）

徳間文庫の好評既刊

ノッキンオン・ロックドドア

青崎有吾

密室、容疑者全員アリバイ持ち――「不可能」犯罪を専門に捜査する巻き毛の男、御殿場倒理（ごてんばとうり）。ダイイングメッセージ、奇妙な遺留品――「不可解」な事件の解明を得意とするスーツの男、片無氷雨（かたなしひさめ）。相棒だけどライバル（？）なふたりが経営する探偵事務所「ノッキンオン・ロックドドア」には、今日も珍妙な依頼が舞い込む……。新時代の本格ミステリ作家が贈るダブル探偵物語、開幕！